U0079207

到日本旅遊會遇到的問題  

超簡單的旅遊日語

EASY GO！JAPAN

雅典文化

國家圖書館出版品預行編目資料

超簡單的旅遊日語 / 雅典日研所編著
-- 一版. -- 新北市 : 雅典文化, 民107.11
面 ; 公分. -- (全民學日語 ; 43)
ISBN 978-986-96973-0-9(50K平裝)
1.日語 2.旅遊 3.會話
803.188 107015823

全民學日語系列 43

超簡單的旅遊日語

企編／雅典日研所
責任編輯／許惠萍
封面設計／林鈺恆

法律顧問：方圓法律事務所／涂成樞律師

總經銷：永續圖書有限公司
永續圖書線上購物網
www.foreverbooks.com.tw

CVS代理／美璟文化有限公司
TEL：(02) 2723-9968
FAX：(02) 2723-9668

出版日／2018年11月

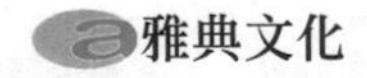

出版社
22103 新北市汐止區大同路三段194號9樓之1
TEL (02) 8647-3663
FAX (02) 8647-3660

50音基本發音表

清音

MP3 002

a	ㄚ	i	一	u	ㄨ	e	ㄝ	o	ㄡ
あ	ア	い	イ	う	ウ	え	エ	お	オ
ka	ㄎㄚ	ki	ㄎ一	ku	ㄎㄨ	ke	ㄎㄝ	ko	ㄎㄡ
か	カ	き	キ	く	ク	け	ケ	こ	コ
sa	ㄙㄚ	shi	ㄒ	su	ㄙ	se	ㄙㄝ	so	ㄙㄡ
さ	サ	し	シ	す	ス	せ	セ	そ	ソ
ta	ㄊㄚ	chi	ㄑ一	tsu	ㄘ	te	ㄊㄝ	to	ㄊㄡ
た	タ	ち	チ	つ	ツ	て	テ	と	ト
na	ㄋㄚ	ni	ㄋ一	nu	ㄋㄨ	ne	ㄋㄝ	no	ㄋㄡ
な	ナ	に	ニ	ぬ	ヌ	ね	ネ	の	ノ
ha	ㄏㄚ	hi	ㄏ一	fu	ㄈㄨ	he	ㄏㄝ	ho	ㄏㄡ
は	ハ	ひ	ヒ	ふ	フ	へ	ヘ	ほ	ホ
ma	ㄇㄚ	mi	ㄇ一	mu	ㄇㄨ	me	ㄇㄝ	mo	ㄇㄡ
ま	マ	み	ミ	む	ム	め	メ	も	モ
ya	一ㄚ			yu	一ㄩ			yo	一ㄡ
や	ヤ			ゆ	ユ			よ	ヨ
ra	ㄌㄚ	ri	ㄌ一	ru	ㄌㄨ	re	ㄌㄝ	ro	ㄌㄡ
ら	ラ	り	リ	る	ル	れ	レ	ろ	ロ
wa	ㄨㄚ			o	ㄡ			n	ㄣ
わ	ワ			を	ヲ			ん	ン

濁音

MP3 003

ga	ㄍㄚ	gi	ㄍ一	gu	ㄍㄨ	ge	ㄍㄝ	go	ㄍㄡ
が	ガ	ぎ	ギ	ぐ	グ	げ	ゲ	ご	ゴ
za	ㄗㄚ	ji	ㄐ一	zu	ㄗ	ze	ㄗㄝ	zo	ㄗㄡ
ざ	ザ	じ	ジ	ず	ズ	ぜ	ゼ	ぞ	ゾ
da	ㄉㄚ	ji	ㄐ一	zu	ㄗ	de	ㄉㄝ	do	ㄉㄡ
だ	ダ	ぢ	ヂ	づ	ヅ	で	デ	ど	ド
ba	ㄅㄚ	bi	ㄅ一	bu	ㄅㄨ	be	ㄅㄟ	bo	ㄅㄡ
ば	バ	び	ビ	ぶ	ブ	べ	ベ	ぼ	ボ
pa	ㄆㄚ	pi	ㄆ一	pu	ㄆㄨ	pe	ㄆㄝ	po	ㄆㄡ
ぱ	パ	ぴ	ピ	ぷ	プ	ぺ	ペ	ぽ	ポ

拗音

MP3 004

kya	ㄎㄧㄚ	kyu	ㄎㄧㄩ	kyo	ㄎㄧㄡ
きゃ	キャ	きゅ	キュ	きょ	キョ
sya	ㄒㄧㄚ	syu	ㄒㄧㄩ	syo	ㄒㄧㄡ
しゃ	シャ	しゅ	シュ	しょ	ショ
cya	ㄑㄧㄚ	cyu	ㄑㄧㄩ	cyo	ㄑㄧㄡ
ちゃ	チャ	ちゅ	チュ	ちょ	チョ
nya	ㄋㄧㄚ	nyu	ㄋㄧㄩ	nyo	ㄋㄧㄡ
にゃ	ニャ	にゅ	ニュ	にょ	ニョ
hya	ㄏㄧㄚ	hyu	ㄏㄧㄩ	hyo	ㄏㄧㄡ
ひゃ	ヒャ	ひゅ	ヒュ	ひょ	ヒョ
mya	ㄇㄧㄚ	myu	ㄇㄧㄩ	myo	ㄇㄧㄡ
みゃ	ミャ	みゅ	ミュ	みょ	ミョ
rya	ㄌㄧㄚ	ryu	ㄌㄧㄩ	ryo	ㄌㄧㄡ
りゃ	リャ	りゅ	リュ	りょ	リョ

gya	ㄍㄧㄚ	gyu	ㄍㄧㄩ	gyo	ㄍㄧㄡ
ぎゃ	ギャ	ぎゅ	ギュ	ぎょ	ギョ
jya	ㄐㄧㄚ	jyu	ㄐㄧㄩ	jyo	ㄐㄧㄡ
じゃ	ジャ	じゅ	ジュ	じょ	ジョ
jya	ㄐㄧㄚ	jyu	ㄐㄧㄩ	jyo	ㄐㄧㄡ
ぢゃ	ヂャ	ぢゅ	ヂュ	ぢょ	ヂョ
bya	ㄅㄧㄚ	byu	ㄅㄧㄩ	byo	ㄅㄧㄡ
びゃ	ビャ	びゅ	ビュ	びょ	ビョ
pya	ㄆㄧㄚ	pyu	ㄆㄧㄩ	pyo	ㄆㄧㄡ
ぴゃ	ピャ	ぴゅ	ピュ	ぴょ	ピョ

平假名	片假名

序言 ▶ 到日本不再比手畫腳

到日本最害怕什麼？

是不是通關時不曉得該如何和機場人員溝通？是不是購物時不知道如何表達自己的需求？是不是觀光時不知道如何買票？是不是搭車時不知道如何轉車？是不是害怕自己迷路了？

以上的問題都是在您不會說日文的情況下才會發生的。但是不會說日文難道就不能去日本自助旅行、觀光、出差、唸書嗎？「超簡單的旅遊日語」幫您解決了上述所有問題。

「超簡單的旅遊日語」包含以下單元：

Unit 01 搭飛機

Unit 02 旅館住宿

Unit 03 飲食

Unit 04 速食店點餐

Unit 05 購物

Unit 06 搭乘交通工具

Unit 07 觀光

每一個單元都有最簡單、實用的情境會話以及相關的類似說法：「你還可以這麼說」以及「對方還可以這麼說」，只要根據您的需求尋找目錄上標示的情境主題，再搭配本書所附的學習光碟，您就可以輕鬆搞定日文。

序言 出國不再比手畫腳／007

Unit 1 搭飛機

機票／017
票價／008
行程／019
訂機位／020
直達航班／021
變更機位／021
轉機航班／022
航班查詢／023
確認機位／024
詢有關辦理報到的問題／024
辦理報到／025
要求特定機位／026
行李托運／027
行李超重費用／028
出境登機／029
登機處／030
走錯登機門／031
詢問轉機／031
轉機／032
過境／033
行李提領的好幫手／034
行李提領／035
行李遺失／036
詢找行李遺失申報處／037
登記行李遺失／037
形容遺失行李的外觀／038
解決遺失行李的方法／038
詢問是否可以兌換貨幣／039
兌換成零錢／040
兌換成零錢的數目／041
兌換幣值／042
幣值匯率／043
機場常見問題／044
證件查驗／045
通關／046
入境原因／047
停留時間／048
檢查攜帶的隨身物品／049
申報商品／050
沒收攜帶物品／050
詢問是否攜帶違禁品／051
繳交稅款／051
找不到機位／052
帶位／053
確認機位／053
換機位／054

坐錯機位／055
飛機上的行李／056
繫緊安全帶／056
詢問空服員問題／057
尋求空服員協助提供物品／058
協助操作機器／059
用餐時間／060
詢問餐點選擇／061
選擇餐點／061
選擇飲料／062
要求提供飲料／062
在飛機上覺得不舒服／064
在飛機上生病／065

Unit 2 旅館住宿

詢問空房／067
旅館客滿／068
訂房／069
推薦其他飯店／070
詢問房價／071
房價包括的項目／072
登記住宿／073
詢問登記住宿的時間／074
詢問是否預約登記住宿／075
房間的樓層／076
飯店用餐／076
沒有早餐券／077
表明身分／078
提供房間鑰匙／079
早上叫醒服務／080
客房服務／080
衣物送洗／082
拿回送洗衣物／083
旅館設施出問題／083
在房間內打外線電話／085
詢問退房時間／086
退房／086
結帳／087
付帳方式／088
帳單有問題／089
和櫃臺互動／090

Unit 3 飲食

詢問營業時間／093
餐點的種類／094
邀請用餐／095
電話訂位／095
回答是否要用餐／096
有事先訂位／097

報上訂位姓名／098
現場訂位／099
詢問用餐人數／100
説明用餐人數／101
詢問餐廳是否客滿／102
餐廳客滿／103
詢問是否願意等空位／104
分開座位或併桌／105
等待服務生帶位／106
吸煙／非吸煙區／107
等待座位安排／108
服務生帶位／109
服務生帶到位子上／111
座位偏好／112
指定座位區域／113
不喜歡餐廳安排的座位／114
自行指定座位／115
要求安靜的座位／116
無法安排指定座位／117
接受餐廳安排的座位／118
入座／118
入座後提供開水／119
服務生隨後來點餐／119
要求看菜單／120
提供菜單／121
打算慢慢看菜單／121
詢問是否要開始點餐／122
開始點餐／123
尚未決定餐點／124
餐廳的特餐／招牌菜／125
請服務生推薦餐點／126
服務生徵詢推薦餐點／126
服務生推薦餐點／127
對餐點的偏好／128
點服務生介紹的餐點／129
餐點售完／無供應／130
詢問餐點配方／131
服務生解釋餐點調配／132
餐點食用人數／133
前菜／134
介紹沙拉／135
前菜醬料／135
點主菜／136
服務生詢問第二位點餐者／137
點相同餐點／138
持續點餐／139
不供應特定餐點／140
牛排烹調的熟度／141

副餐／142
湯點／143
詢問麵包種類／144
甜點介紹／145
要求再提供甜點／145
詢問甜點種類／146
點甜點／147
詢問是否要點飲料／148
點酒類飲料／149
請服務生推薦飲料／150
點飲料／150
要求再提供飲料／151
詢問是否完成點餐／152
是否要點其他餐點／153
提供咖啡的時間／154
確認已點完餐點／155
服務生完成餐點／156
催促盡快上菜／157
請同桌者遞調味料／158
服務生詢問是否可以上菜／158
上菜／159
服務生上菜時確認點餐者／160
上菜時說明自己的餐點／161
自行分配點餐／162
送錯餐點／163
少送餐點／164
主餐醬料／165
侍者斟酒時／166
喝濃／淡茶／166
加奶精／167
加糖／不加糖／167
咖啡續杯／168
服務生詢問是否需要協助／169
呼叫服務生／169
要求提供醬料／170
請服務生提供新餐具／170
整理桌面／171
詢問是否繼續用餐／172
尚在用餐／173
取走餐盤／174
指引方向／175
向服務生尋求協助／176
向餐廳抱怨餐點／177
向餐廳抱怨服務、環境／179
結帳／180
詢問結帳方式／181
說明付款方式／182

分期付款／183
請客／184
各付各的帳單／185
帳單金額／185
內含服務費／186
找零錢／187
不必找零／187

Unit 4 速食店點餐

點餐／189
選擇內用或外帶／190
餐點售完／無供應／190
等待外帶餐點／191
要求加快餐點外帶速度／192
醬料的種類／193
添加醬料／194
多要一些醬料／195
飲料／195
說明飲料大小杯／196
詢問是否需要糖包或奶精／196
糖包和奶精都要／197
說明糖包和奶精的量／198
索取紙巾、吸管／199

Unit 5 購物

詢問營業時間／201
只看不買／202
店員主動招呼／203
店員的客套話／203
購物的打算／204
購買特定商品／205
購買禮品／206
購買電器／207
參觀特定商品／208
詢問是否找到中意商品／209
選購指定商品／210
回答是否尋找特定商品／211
回答是否選購指定商品／212
詢問特殊商品／213
推薦商品／214
新品上市／215
商品的操作／216
特定顏色／217
選擇顏色／218
特定款式／219
款式的差異／220
特定搭配／221
流行款式／222

尺寸説明／223
特定尺寸／224
詢問尺寸／225
不知道尺寸／226
不中意商品／227
回答試穿與否／228
要求試穿／229
提供試穿／230
試穿特定尺寸／231
徵詢試穿尺寸／232
詢問試穿結果／233
質疑試穿結果／234
試穿結果不錯／235
特定尺寸不適合／236
試穿結果不喜歡／237
説明試穿特定尺寸／238
沒有庫存／239
説明是否喜歡／240
要求提供其他樣式／241
回答是否參觀其他商品／242
特價期限／243
説服購買／243
詢問售價／244
詢問特定商品的售價／245
購買二件以上的價格／246
含税價／247
購物幣值／248
討價還價／248
特定價格的討價還價／249
購買多件的討價還價／250
最後底線的報價／251
決定購買／252
不考慮購買／253
付款方式／254
詢問付款方式／255
要求包裝／256
禮品包裝／257
其他相關問題／258

Unit 6 搭乘交通工具

計程車招呼站／261
搭計程車説明目的地／262
車程有多遠／263
搭計程車花費的時間／263
儘速抵達／264
要下車／265
抵達目的地／266
計程車資／266
不用找零錢／267

公車總站在哪裡／267
搭公車的站數／268
搭哪一路公車／269
詢問公車路線／270
公車行經路線／271
何處買公車票／272
發車的頻率／272
什麼時候開車／273
詢問車資／273
買公車票／274
搭公車的車程／275
在哪一站下車／276
到站的時間預估／277
請求到站告知／277
搭公車要求下車／278
如何搭火車／278
搭哪一部列車／279
在哪一個月台／280
在何處轉車／281
在車站內迷路／282
在何處下車／283
租車訊息／283
租車費用／284
租特定廠牌的車的費用／285
租車／286
預約租車／287
租車的種類／288
租車的時間／289
租車時填寫資料／290
租車時要求提供駕照／290
還車的地點／291
租車費用的保證金／291

Unit 7 觀光

索取市區地圖／293
索取旅遊手冊／294
索取訊息簡介／295
詢問是否有當地旅遊團／296
詢問行程安排／297
要求推薦旅遊行程／298
推薦旅遊行程／299
詢問旅遊行程的內容／300
旅遊行程的種類／301
旅遊行程花費的時間／302
旅遊團的預算／303
旅遊團費用／304
人數、身份不同的團費／305
旅遊團費用明細／306
旅遊接送服務／307

詢問集合的時間與地點／*307*

旅遊團出發的時間／*308*

預約旅遊團／*309*

參加當地旅遊團／*310*

旅遊團自由活動的時間／*311*

自由活動結束的時間／*312*

門票／*312*

詢問上演的節目／*313*

詢問開始及結束的時間／*313*

詢問是否可以拍照／*314*

詢問是否可以幫忙拍照／*315*

參加當地旅遊的常見問題／*316*

Unit ①

搭飛機

▶ 機票

問 おはようございます。こちらはANA（エイエヌエイ）エーアラインでございます。

o.ha.yo.o/go.za.i.ma.su/ko.chi.ra.wa/e.i.e.nu.e.i/e.e.a.ra.i.n.de/go.za.i.ma.su/

早安。這是ANA航空。

答 私（わたし）は台北（たいぺい）から京都（きょうと）行（ゆ）きのチケットを予約（よやく）したいのですが。

wa.ta.shi.wa/ta.i.pe.i.ka.ra/kyo.o.to.yu.ki.no/chi.ke.t.to.o/yo.ya.ku.shi.ta.i.no/de.su.ga/

我要預約從台北到京都的機票。

你還可以這麼說： 006

♠ 8月25日（はちがつにじゅうごにち）に東京（とうきょう）からニューヨーク行（ゆ）きのチケットを二人（ふたり）で予約（よやく）したいのですが。

ha.chi.ga.tsu/ni.jyu.u.go.ni.chi.ni/to.o.kyo.o.ka.ra/nyu.u.yo.o.ku.yu.ki.no/chi.ke.t.to.o/fu.ta.ri.de/yo.ya.ku.shi.ta.i.no/de.su.ga/

我要訂兩個人八月廿五日從東京到紐約的機票。

MP3 006

▶ 票價

問 チケットはおいくらですか？

chi.ke.t.to.wa/o.i.ku.ra.de.su.ka/

機票多少錢？

答 二千円（にせんえん）です。

ni.se.n.e.n.de.su/

兩千元。

你還可以這麼說：

♠ チケットの値段（ねだん）を知（し）りたいのですが。

chi.ke.t.to.no.ne.da.n.o/shi.ri.ta.i.no/de.su.ga/

我想要知道票價。

♠ 片道（かたみち）はおいくらですか？

ka.ta.mi.chi.wa/o.i.ku.ra.de.su.ka/

單程票價是多少錢？

♠ 台北（たいぺい）から東京（とうきょう）までおいくらですか？

ta.i.pe.i.ka.ra/to.o.kyo.o.ma.de/o.i.ku.ra.de.su.ka/

從台北到東京票價是多少錢？

▶ 行程

問 私は5月1日にニューヨーク行きの一番早いフライトを予約したいのですが。

wa.ta.shi.wa/go.ga.tsu/tsu.i.ta.chi.ni/nyu.u.yo.o.ku.yu.ki.no/i.chi.ba.n.ha.ya.i/fu.ra.i.to.o/yo.ya.ku.

shi.ta.i.no/de.su.ga/

我想預訂五月一日到紐約的最早航班。

答 かしこまりました。

ka.shi.ko.ma.ri.ma.shi.ta/

好的，先生。

你還可以這麼說：

♠ 9月2日にニューヨーク行きの飛行機がありますか？

ku.ga.tsu/fu.tsu.ka.ni/nyu.u.yo.o.ku.yu.ki.no/hi.ko.o.ki.ga/a.ri.ma.su.ka/

你們有九月二日到紐約的班機嗎？

♠ 9月2日に東京からニューヨーク行きの飛行機がありますか？

ku.ga.tsu/fu.tsu.ka.ni/to.o.kyo.o.ka.ra/nyu.u.yo.o.ku.yu.ki.no/hi.ko.o.ki.ga/a.ri.ma.su.ka/

你們有九月二日從東京到紐約的班機嗎？

MP3 007

▶ 訂機位

問 朝(あさ)9時(くじ)と11時(じゅういちじ)にあります。

a.sa.ku.ji.to/jyu.u.i.chi.ji.ni/a.ri.ma.su/

早上九點有一班，還有一班是十一點。

答 9時(くじ)のほうをください。

ku.ji.no.ho.o.o/ku.da.sa.i/

我要九點的那一個班次。

你還可以這麼說：

♠ 直行便(ちょっこうびん)を予約(よやく)したいのですが。

cyo.k.ko.o.bi.n.o/yo.ya.ku.shi.ta.i.no/de.su.ga/

我要訂直達的班機。

♠ 往復(おうふく)を予約(よやく)したいのですが。

o.o.fu.ku.o/yo.ya.ku.shi.ta.i.no/de.su.ga/

我要訂來回機票。

♠ 二席(ふたせき)お願(ねが)いします。

fu.ta.se.ki/o.ne.ga.i.shi.ma.su/

我要訂兩張機票。

♠ 朝(あさ)の飛行機(ひこうき)はいいです。

a.sa.no/hi.ko.o.ki.wa/i.i.de.su/

我偏好早上的班機。

MP3 007

▶ 直達航班

問 東京からパリ行きの直行便を予約したいのですが。

to.o.kyo.o.ka.ra/pa.ri.yu.ki.no/cyo.k.ko.o.bi.n.o/yo.ya.ku.shi.ta.i.no/dc.su.ga/

我想預訂從東京到巴黎的直達航班。

答 何時が宜しいでしょうか?

i.tsu.ga/yo.ro.shi.i.de.syo.o.ka/

您偏好什麼時間？

MP3 007

▶ 變更機位

問 飛行機便をチェンジしたいのですが。

hi.ko.o.ki.bi.n.o/cye.n.ji.shi.ta.i.no/de.su.ga/

我想變更我的班機。

答 いいですよ。鈴木様。

i.i.de.su.yo/su.zu.ki.sa.ma/

沒問題，鈴木女士。

MP3 008

▶ 轉機航班

♠ 乗り継ぎ便を予約したいのですが。

no.ri.tsu.gi.bi.n.o/yo.ya.ku.shi.ta.i.no/de.su.ga/

我要訂轉機的班機。

♠ ロサンゼルス行きの乗り継ぎ便を予約したいのですが。

ro.sa.n.ze.ru.su.yu.ki.no/no.ri.tsu.gi.bi.n.o/yo.ya.ku.shi.ta.i.no/de.su.ga/

我要訂到洛杉磯的轉機班機。

♠ 香港で乗り継ぎ便をお願いします。

ho.n.ko.n.de/no.ri.tsu.gi.bi.n.o/o.ne.ga.i.shi.ma.su/

我要在香港轉機。

♠ 5月1日にパリからシアトルへ行って、5月8日にシアトルから東京に行きます。

ko.ga.tsu/tsu.i.ta.chi.ni/pa.ri.ka.ra/shi.a.to.ru.e/i.t.te/go.ga.tsu/yo.o.ka.ni/shi.a.to.ru.ka.ra/to.o.kyo.o.ni/i.ki.ma.su/

我打算五月一日從巴黎到西雅圖，五月八日從西雅圖到東京。

▶ 航班查詢

問 どの便が宜しいでしょうか？

do.no.bi.n.ga/yo.ro.shi.i.de.syo.o.ga/

您想要哪一個班次？

答 5月1日前のほかの便を探してください。

go.ga.tsu/tsu.i.ta.chi.ma.e.no/ho.ka.no.bi.n.o/sa.ga.shi.te/ku.da.sa.i/

請你替我找五月一日之前的其他班機好嗎？

你還可以這麼說：

♠ 2時に飛ぶ飛行機には二席ありますか？

ni.ji.ni/to.bu.hi.ko.o.ki.ni.wa/fu.ta.se.ki/a.ri.ma.su.ka/

兩點起飛的飛機還有兩個空位嗎？

♠ 来週の月曜日にニューヨーク行きの飛行機がありますか？

ra.i.syu.u.no/ge.tsu.yo.o.bi.ni/nyu.u.yo.o.ku.yu.ki.no/hi.ko.u.ki.ga/a.ri.ma.su.ka/

你們有下星期一到紐約的班機嗎？

♠ 飛行機の時刻表をお探しください。

hi.ko.o.ki.no/ji.ko.ku.hyo.o.o./o.sa.ga.shi/ku.da.sa.i/

請你查班機時刻表。

MP3 009

▶ 確認機位

問 飛行機(ひこうき)の席(せき)を確認(かくにん)したいのですが。

hi.ko.o.ki.no/se.ki.o/ka.ku.ni.n/shi.ta.i.no/de.su.ga/

我要確認機位。

答 いいですが、お名前(なまえ)は?

i.i.de.su.ga/o.na.ma.e.wa/

好的。請問您的大名?

你還可以這麼說:

♠ 私(わたし)は佐藤(さとう)さんの飛行機(ひこうき)の席(せき)を再確認(さいかくにん)したいのですが。

wa.ta.shi.wa/sa.to.o.sa.n.no/hi.ko.o.ki.no/se.ki.o/sa.i.ka.ku.ni.n/shi.ta.i.no/de.su.ga/

我想替佐藤先生再確認機位。

MP3 009

▶ 詢有關辦理報到的問題

問 今(いま)、チェックインができますか?

i.ma/cye.k.ku.i.n.ga/de.ki.ma.su.ka/

我現在可以辦理登機嗎?

答 いいです。パスポートとビザをお願(ねが)いします。

i.i.de.su/pa.su.po.o.to.to/bi.za.o/o.ne.ga.i.shi.ma.su/

可以。請給我護照和簽證。

你還可以這麼說：

♠ CA546便のチェックインができますか？

shi.i.e.i/go.hya.ku/yo.n.jyu.u/ro.ku.bi.n.no/cye.k.ku.i.n.ga/de.ki.ma.su.ka/

我可以辦理CA546班登機嗎？

♠ どこでユニットエアラインの706便のチェックインをしますか？

do.ko.de/yu.ni.t.to/e.a.ra.i.n.no/na.na.hya.ku/ro.ku.bi.n.no/cye.k.ku.i.n.o/shi.ma.su.ka/

我應該在哪裡辦理聯合航空 706 班機的登機手續？

♠ いつ空港に着いたほうがいいですか？

i.tsu/ku.u.ko.o.ni/tsu.i.ta.ho.o.ga/i.i.de.su.ka/

我應該什麼時候到機場？

MP3 010

▶ 辦理報到

問 チェックインをしたいのですが。

cye.k.ku.i.n.o/shi.ta.i.no/de.su.ga/

我要辦理登機。

答 パスポートをお願いします。

pa.su.po.o.to.o/o.ne.ga.i.shi.ma.su/

請給我護照。

你還可以這麼說：

♠チェックインをしたいのですが。

cye.k.ku.i.n.o/shi.ta.i.no/de.su.ga/

我要辦理登機。

♠ここでチェックインをしますか？

ko.ko.de/ cye.k.ku.i.n.o/ shi.ma.su.ka/

是在這裡辦理登機嗎?

MP3 010

▶ 要求特定機位

問 これは道側(みちがわ)の席(せき)ですか？

ko.re.wa/mi.chi.ga.wa.no/se.ki.de.su.ka/

這是靠走道的座位嗎？

答 いいえ。これは窓側(まどがわ)の席(せき)です。

i.i.e/ko.re.wa/ma.do.ga.wa.no/se.ki.de.su/

不，這不是。這是靠窗的座位。

你還可以這麼說：

♠窓側(まどがわ)の席(せき)をいただけますか？

ma.do.ga.wa.no/se.ki.o/i.ta.da.ke.ma.su.ka/

我可以要靠窗戶的座位嗎？

♠通路側(つうろがわ)の席(せき)がほしくないのですが。

tsu.u.ro.ga.wa.no/se.ki.ga/ho.shi.ku.na.i.no/de.su.ga/

我不要走道的位子。

♠ 通路側の席がほしいのですが。
tsu.u.ro.ga.wa.no/se.ki.ga/ho.shi.i.no/de.su.ga/
我想要靠走道的位子。

♠ ファーストクラスの席がほしいのですが。
fa.a.su.to/ku.ra.su.no/se.ki.ga/ho.shi.i.no/de.su.ga/
我想要頭等艙的座位。

MP3 011

▶ 行李托運

問 お預けする荷物がありますが。
o.a.zu.ke.su.ru.ni.mo.tsu.ga/ a.ri.ma.su.ga/
我有行李要托運。

答 スケールの上に置いてください。
su.ke.e.ru.no/u.e.ni/o.i.te/ku.da.sa.i/
請把它放在秤上。

你還可以這麼說：

♠ 二つのスーツケースがあります。
fu.ta.tsu.no/su.u.tsu/ke.e.su.ga/a.ri.ma.su/
我有兩件行李箱。

♠ このバッグを機内に持ち込んでもいいですか？
ko.no.ba.g.gu.o/ki.na.i.ni/mo.chi.ko.n.de.mo/i.i.de.su.ka/
我可以隨身帶這個袋子嗎？

♠ ANAのフライトに乗る場合、スーツケースはいくつまで大丈夫ですか？
a.i.a.nu.a.i.no/fu.ra.i.to.ni/no.ru.ba.a.i/su.u.tsu.ke.e.su.wa/i.ku.tsu.ma.de/da.i.jyo.o.bu.de.su.ka/
搭乘ANA航空的班機我可帶多少行李箱？

MP3 011

▶ 行李超重費用

問 どのくらいの追加料金ですか？
do.no.ku.ra.i.no/tsu.i.ka.ryo.o.ki.n/de.su.ka/
超重費是多少？

答 超過荷物は五千円お支払いいただいています。
cyo.o.ka.ni.mo.tsu.wa/go.se.n.e.n.o.shi.ha.ra.i/i.ta.da.i.te/i.ma.su/
那些超重的行李你要付五千日圓。

你還可以這麼說：

♠ 超過荷物の料金はいくらですか？
cyo.o.ka.ni.mo.tsu.no/ryo.o.ki.n.wa/i.ku.ra.de.su.ka/
行李超重費是多少？

♠ 何キロ以上だと追加料金が必要になりますか？
na.n.ki.ro.i.jyo.o.da.to/tsu.ka.ryo.o.ki.n.ga/hi.tsu.yo.o.ni/na.ri.ma.su.ka/
幾公斤以上要追加費用？

▶ 出境登機

♠ JALに乗りたいのですが。

jye.i.e.i.e.ru.ni/no.ri.ta.i.no/de.su.ga/

我要搭乘日本航空公司。

♠ いつから搭乗し始めますか？

i.tsu.ka.ra/to.o.jyo.o.shi/ha.ji.me.ma.su.ka/

什麼時候開始登機？

♠ 搭乗時間はいつですか？

to.o.jyo.o.ji.ka.n.wa/i.tsu.de.su.ka/

登機時間是什麼時候？

♠ 時間通りに飛びますか？

ji.ka.n.do.o.ri.ni/to.bi.ma.su.ka/

班機準時起飛嗎？

♠ 出発三十分前までに搭乗口にお越しください。

syu.p.pa.tsu.san.n.jyu.p.pu.n.ma.e.ma.de.ni/to.o.jyo.o.gu.chi.ni/o.ko.shi.ku.da.sa.i/

請在起飛半小時前抵達登機門。

♠ 出発十五分前に搭乗し始めます。

syu.p.pa.tsu.jyu.u.go.fu.n.ma.e.ni/to.o.jyo.o.shi/ha.ji.me.ma.su/

起飛前15分鐘開始辦理登機手續。

MP3 012

▶ 登機處

♠すみません。どこで搭乗したらいいですか？

su.mi.ma.se.n/do.ko.de/to.o.jyo.o.shi.ta.ra/i.i.de.su.ka/

請問，我應該到哪裡登機？

♠搭乗口はどこですか？

to.o.jyo.o.gu.chi.wa/do.ko.de.su.ka/

登機門在哪裡？

♠どこで搭乗するか知りませんが。

do.ko.de/to.o.jyo.o.su.ru.ka/shi.ri.ma.se.n.ga/

我不知道我應該在哪裡登機。

♠チケットに書いてある搭乗口はＡ５です。

chi.ke.t.to.ni/ka.i.te.a.ru/to.o.jyo.o.gu.chi.wa/e.i.go/de.su/

機票上的登機口是A5。

♠日本エアラインをご利用いただき、誠に感謝をいたします。現在、搭乗を開始します。

ni.ho.n.e.a.ra.i.n.o/go.ri.yo.o.i.ta.da.ki/ma.ko.to.ni.ka.n.sya.o/i.ta.shi.ma.su/ge.n.za.i/to.o.jyo.o.o/ka.i.shi.shi.ma.su/

感謝您搭乘日本航空,現在開始為您辦理登機手續。

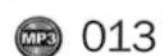

MP3 013

▶ 走錯登機門

問 お手伝(てつだ)いしましょうか？

o.te.tsu.da.i/shi.ma.syo.o.ka/

需要我幫忙嗎？

答 搭乗口(とうじょうぐち)を間違(まちが)えたようです。

to.o.jyo.o.gu.chi.o/ma.chi.ga.e.ta/yo.o.de.su/

我想我走錯登機門了。

MP3 013

▶ 詢問轉機

♠ どこで乗(の)り継(つ)ぎ便(びん)の情報(じょうほう)を取得(しゅとく)できますか？

do.ko.de/no.ri.tsu.gi.bi.n.no/jyo.o.ho.o.o/syu.to.ku/de.ki.ma.su.ka/

我可以到哪裡詢問轉機的事？

♠ どうやって乗(の)り継(つ)ぎしますか？

do.o.ya.t.te/no.ri.tsu.gi/shi.ma.su.ka/

我要如何轉機？

♠ どうやってワシントンに乗(の)り継(つ)ぎしますか？

do.o.ya.t.te/wa.shi.n.to.n.ni/no.ri.tsu.gi/shi.ma.su.ka/

我要如何轉機到華盛頓？

MP3 013

▶ 轉機

♠ 乗り継ぎしたいのですが。

no.ri.tsu.gi.shi.ta.i.no.de.su.ga/

我要轉機。

♠ 乗り継ぎしてパリへ行きたいのですが。

no.ri.tsu.gi.shi.te/pa.ri.e/i.ki.ta.i.no.de.su.ga/

我要轉機到巴黎。

♠ CA　651　便に乗り換えます。

shi.i.e.i/ro.p.pya.ku/go.jyu.u.i.chi/bi.n.ni/no.ri.ka.e.ma.su/

我要轉搭CA651班機。

♠ JAL　5　6　1　便に乗り換えたらここでお待ちください。

jye.i.e.i.e.ru/ko.hya.ku.ro.ku.jyu.u.i.chi.bi.n.ni/no.ri.ka.e.ta.ra/ko.ko.de/o.ma.chi/ku.da.sa.i/

轉搭JAL561班機請在這邊等候轉機。

♠ 申し訳ありませんが、乗り継ぐ前に手荷物をもう一回検査させていただきます。

mo.o.shi.wa.ke/a.ri.ma.se.n.ga/no.ri.tsu.gu.ma.e.ni/te.ni.mo.tsu.o/mo.o/i.k.ka.i/ke.n.sa.sa.se.te/i.ta.da.ki.ma.su/

很抱歉，轉機前需要再次檢查您的手提行李。

▶ 過境

♠ ここでどのくらい止(と)まりますか？

ko.ko.de/do.no.ku.ra.i/to.ma.ri.ma.su.ka/

我們會在這裡停留多久？

♠ 途中降機(とちゅうこうき)とはどのくらいですか？

to.cyu.u/ko.o.ki.to.wa/do.no.ku.ra.i/de.su.ka/

過境要停留多久？

♠ 私(わたし)はUA356(ユウエイさんごろく)便(びん)の乗(の)り継(つ)ぎ客(きゃく)です。

wa.ta.shi.wa/yu.u.e.i.sa.n.go.ro.ku.bi.n.no/no.ri.tsu.gi.kya.ku.de.su/

我是要搭乘美國航班356號的轉機乘客。

♠ 私(わたし)はワシントンに行(い)きたいです。

wa.ta.shi.wa/wa.shi.n.to.n.ni/i.ki.ta.i.de.su/

我要前往華盛頓。

♠ ドバイ経由(けいゆ)でオランダに行(い)きます。

do.ba.i.ke.i.yu.de/o.ra.n.da.ni/i.ki.ma.su/

我會過境杜拜後前往荷蘭。

MP3 014

▶ 行李提領的好幫手

♠ 私（わたし）の荷物（にもつ）を卸（おろ）していただけますか？

wa.ta.shi.no/ni.mo.tsu.o/o.ro.shi.te/i.ta.da.ke.ma.su.ka/

你可以幫我把我的行李拿下來嗎？

♠ どこに荷物（にもつ）カートがありますか？

do.ko.ni/ni.mo.tsu.ka.a.to.ga/a.ri.ma.su.ka/

哪裡有行李推車？

♠ 荷物（にもつ）をカートに置（お）きましょう。

ni.mo.tsu.o/ka.a.to.ni/o.ki.ma.syo.o/

把行李都放上推車吧。

♠ カートは右（みぎ）の角（かど）にあります。

ka.a.to.wa/mi.gi.no.ka.do.ni/a.ri.ma.su/

行李推車在右邊轉角處。

▶ 行李提領

問 どこで荷物(にもつ)を受(う)け取(と)ったらいいですか？

do.ko.de/ni.mo.tsu.o/u.ke.to.t.ta.ra/i.i.de.su.ka/

我可以在哪裡提領行李？

答 あなたの荷物(にもつ)はベルトコンベアにあります。

a.na.ta.no/ni.mo.tsu.wa/be.ru.to.ko.n.be.a.ni/a.ri.ma.su/

你的行李在行李傳輸帶上。

你還可以這麼說：

♠ ここはJAL(ジェイエイエル) 561(ごろくいち)便(びん)の手荷物受取所(てにもつうけとりじょ)ですか？

ko.ko.wa/jye.i.e.i.e.ru/go.ro.ku.i.chi.bi.n.no/te.ni.mo.tsu/u.ke.to.ri.jyo/de.su.ka/

這是日本航空561班機的行李提領處嗎？

♠ 今(いま)、私(わたし)の手荷物(てにもつ)を持(も)って行(い)ってもいいですか？

i.ma/wa.ta.shi.no/te.ni.mo.tsu.o/mo.t.te/i.t.te.mo/i.i.de.su.ka/

我可以現在帶走我的行李嗎？

♠ すみませんが、あれは私(わたし)の荷物(にもつ)ですけど。

su.mi.ma.se.n.ga/a.re.wa/wa.ta.shi.no/ni.mo.tsu.de.su.ke.do/

抱歉，那是我的行李。

MP3 015

▶ 行李遺失

♠ 私の荷物が見当たらないのですが。

wa.ta.shi.no/ni.mo.tsu.ga/mi.a.ta.ra.na.i.no/de.su.ga/

我沒有看見我的行李。

♠ 荷物が見つからない場合はどうしましょうか？

ni.mo.tsu.ga/mi.tsu.ka.ra.na.i.ba.a.i.wa/do.o/shi.ma.syo.o.ka/

我找不到我的行李。我應該怎麼辦？

♠ まだ一つ荷物が出てきませんが。

ma.da/hi.to.tsu.ni.mo.tsu.ga/de.te.ki.ma.se.n.ga/

我的一件行李沒有出來。

♠ 私の荷物はなくなりました。

wa.ta.shi.no/ni.mo.tsu.wa/na.ku.na.ri.ma.shi.ta/

我的行李不見了。

♠ 赤いベルトをつけているケースを見かけましたか？

a.ka.i.be.ru.to.o/tsu.ke.te.i.ru.ke.e.su.o/mi.ka.ke.ma.shi.ta.ka/

請問有看到綁著紅色行李帶的行李箱嗎？

▶ 詢找行李遺失申報處

問 忘(わす)れ物(もの)はどこに届(とど)け出(で)たらいいですか?

wa.su.re.mo.no.wa/do.ko.ni/to.do.ke.de.ta.ra/i.i.de.su.ka/

行李遺失申報處在哪裡？

答 あそこです。

a.so.ko.de.su/

在那裡。

你還可以這麼說：

♠ 忘(わす)れ物(もの)預(あず)かり所(じょ)はどこですか？

wa.su.re.mo.no.a.zu.ka.ri.jyo.wa/do.ko.de.su.ka/

我可以在哪裡找到行李遺失申報處？

♠ 忘(わす)れ物(もの)預(あず)かり所(じょ)はどこにあるか知(し)っていますか？

wa.su.re.mo.no.a.zu.ka.ri.jyo.wa/do.ko.ni.a.ru.ka/shi.t.te.i.ma.su.ka/

你知道行李遺失申報處在哪裡嗎？

MP3 016

▶ 登記行李遺失

問 二(ふた)つの荷物(にもつ)がなくなりました。

fu.ta.tsu.no.ni.mo.tsu.ga/na.ku.na.ri.ma.shi.ta/

我的兩件行李遺失了。

1 搭飛機
2 旅館住宿
3 飲食
4 速食店點餐
5 購物
6 搭乘交通工具
7 觀光

答 この申込書（もうしこみしょ）に書（か）いてください。

ko.no/mo.o.shi.ko.mi.syo.ni/ka.i.te/ku.da.sa.i/

請填這張申訴表格。

MP3 016

▶ 形容遺失行李的外觀

問 お荷物（にもつ）の外観（がいかん）をご説明（せつめい）ください。

o.ni.mo.tsu.no/ga.i.ka.n.o/go.se.tsu.me.i/ku.da.sa.i/

你能形容一下你行李的外觀嗎？

答 ミドルサイズで黒（くろ）いです。

mi.do.ru.sa.i.zu.de/ku.ro.i.de.su/

中等尺寸，黑色的。

MP3 017

▶ 解決遺失行李的方法

♠ どのくらいで見（み）つかりますか？

do.no.ku.ra.i.de/mi.tsu.ka.ri.ma.su.ka/

你們要多久才會找到？

♠ 見（み）つからない場合（ばあい）はどうしましょうか？

mi.tsu.ka.ra.na.i.ba.a.i.wa/do.o.shi.ma.syo.o.ka/

萬一你們找不到我的行李怎麼辦？

♠ 見（み）つかったらすぐにお知（し）らせしますか？

mi.tsu,ka.t.ta.ra/su.gu.ni/o.shi.ra.se/shi.ma.su.ka/

你們找到的時候，可以立刻通知我嗎？

♠ 私(わたし)の荷物(にもつ)をこの住所(じゅうしょ)に届(とど)けてください。

wa.ta.shi.no.ni.mo.tsu.o/ko.no.jyu.u.syo.ni/to.do.ke.te/ku.da.sa.i/

請將我的行李送到這個地址。

♠ 荷物(にもつ)が見(み)つからない場合(ばあい)は賠償(ばいしょう)してもらえますか？

ni.mo.tsu.ga/mi.tsu.ka.ra.na.i.ba.a.i.wa/ba.i.syo.o.shi.te/mo.ra.e.ma.su.ka/

萬一找不到行李的話可以要求賠償嗎？

MP3 017

▶ 詢問是否可以兌換貨幣

♠ 両替(りょうがえ)はどこですか？

ryo.o.ga.e.wa/do.ko.de.su.ka/

貨幣兌換處在哪裡？

♠ ここで両替(りょうがえ)はできますか？

ko.ko.de/ryo.o.ga.e.wa/de.ki.ma.su.ka/

我可以在這裡兌換錢幣嗎？

♠ トラベラーズチェックを現金(げんきん)に換(か)えられますか？

to.ra.be.ra.a.zu.cye.k.ku.o/ge.n.ki.n.ni/ka.e.ra.re.ma.su.ka/

可以把旅行支票換成現金嗎？

♠ ユーロを日本円(にほんえん)に換(か)えられますか？

yu.u.ro.o/ni.ho.n.e.n.ni/ka.e.ra.re.ma.su.ka/

可以將歐元換成日幣嗎？

♠ どの銀行(ぎんこう)でも換(か)えられますか？

do.no.gi.n.ko.o.de.mo/ka.e.ra.re.ma.su.ka/

哪家銀行都可以兌換嗎？

MP3 018

▶ 兌換成零錢

問 これを両替(りょうがえ)してもらえますか？

ko.re.o/ryo.o.ga.e.shi.te/mo.ra.e.ma.su.ka/

你能把這些兌換為小面額零錢嗎？

答 おいくら両替(りょうがえ)しますか？

o.i.ku.ra/ryo.o.ga.e.shi.ma.su.ka/

您要換成多少？

你還可以這麼說：

♠ この紙幣(しへい)を細(こま)かくしてください。

ko.no.shi.he.i.o/ko.ma.ka.ku.shi.te/ku.da.sa.i/

能請您將這張紙鈔找開嗎？

♠ 千円(せんえん)に換(か)えられますか？

se.n.e.n.ni/ka.e.ra.re.ma.su.ka/

可以兌換千元鈔票嗎？

♠ 一万円(いちまんえん)で五枚(ごまい)と千円(せんえん)で十枚(じゅうまい)と百円(ひゃくえん)に換(か)えます。

i.chi.ma.n.e.n.de/go.ma.i.to/se.n.e.n.de/jyu.u.ma.i.to/
hya.ku.e.n.ni/ka.e.ma.su/

我要兌換5張萬元鈔票，10張千元鈔票跟百元硬幣。

▶ 兌換成零錢的數目

問 おいくら両替（りょうがえ）しますか？

o.i.ku.ra/ryo.o.ga.e.shi.ma.su.ka/

你想兌換多少？

答 この紙幣（しへい）を小（ち）さくしていただけますか？

ko.no.shi.he.i.o/chi.i.sa.ku.shi.te/i.ta.da.ke.ma.su.ka/

可以把這張鈔票換開嗎？

你還可以這麼說：

♠ 千円（せんえん）を百円十個（ひゃくえんじっこ）に換（か）えてもらえますか？

se.n.e.n.o/hya.ku.e.n.ji.k.ko.ni/ka.e.te/mo.ra.e.ma.su.ka/

你能把千元日幣換成十個一百的硬幣嗎？

♠ 二千円（にせんえん）を五百円（ごひゃくえん）で二個（にこ）と、百円（ひゃくえん）で九個（きゅうこ）と、残（のこ）りのは十円（じゅうえん）で十個（じゅっこ）に換（か）えます。

ni.se.n.e.n.o/go.hya.ku.e.n.de/ni.ko.to/hya.ku.e.n.de/kyu.u.ko.to/no.ko.ri.no.wa/jyu.u.e.n.de/jyu.k.ko.ni/ka.e.ma.su/

我想要將兩千元兌換成二個五百元、九個一百元，剩下的是十個十元硬幣。

♠ 小銭（こぜに）を含（ふく）めてもいいですか？

ko.ze.ni.o/fu.ku.me.te.mo/i.i.de.su.ka/

可以包括一些零錢嗎？

MP3 019

▶ 兌換幣值

問 どの通貨(つうか)に換(か)えますか?

do.no.tsu.u.ka.ni/ka.e.ma.su.ka/

你想要換成哪一種貨幣?

答 これを日本円(にほんえん)に換(か)えられますか?

ko.re.o/ni.ho.n.e.n.ni/ka.e.ra.re.ma.su.ka/

你可以把這個兌換為日元嗎?

你還可以這麼說:

♠ 日本円(にほんえん)でおいくらですか?

ni.ho.n.e.n.de/o.i.ku.ra/de.su.ka/

(兌換)日元是多少?

♠ 台湾(たいわん)ドルに換(か)えたいのですが。

ta.i.wa.n.do.ru.ni/ka.e.ta.i.no.de.su.ga/

我想要兌換成新台幣。

♠ 一万円(いちまんえん)の日本円(にほんえん)をU.S.(ユウエス)ドルに換(か)えたいのですが。

i.chi.ma.n.e.n.no/ni.ho.n.e.n.o/yu.u.e.su.do.ru.ni/ka.e.ta.i.no.de.su.ga/

我要把一萬元日幣換成美金。

▶ 幣值匯率

問 為替(かわせ)レートはおいくらですか？

ka.wa.se/re.e.to.wa/o.i.ku.ra/de.su.ka/

匯率是多少？

答 現在(げんざい)のレートは1(いち)ドル90円65銭(きゅうじゅうえんろくじゅうごせん)です。

ge.n.za.i.no/re.e.to.wa/i.chi.do.ru/kyu.u.jyu.u.e.n/ro.ku.jyu.u.go.se.n.de.su/

現在美金兌換成日幣的匯率是九十點六五。

你還可以這麼說：

♠ 現在(げんざい)の為替(かわせ)レートはおいくらですか？

ge.n.za.i.no/ka.wa.sc/re.e.to.wa/o.i.ku.ra/de.su.ka/

現在匯率是多少？

♠ 手数料(てすうりょう)と為替(かわせ)レートを教(おし)えてください。

te.su.ryo.o.to/ka.wa.se/re.e.to.o/o.shi.e.te/ku.da.sa.i/

你能告訴我手續和匯率嗎？

MP3 020

▶ 機場常見問題

♠ 子供を呼び出していただけますか？

ko.do.mo.o/yo.bi.da.shi.te/i.ta.da.ke.ma.su.ka/

可以幫我廣播呼叫我的孩子嗎？

♠ 都心の地図はありますか？

to.shi.n.no/chi.zu.wa/a.ri.ma.su.ka/

你們有市中心的地圖嗎？

♠ フリーのシティーマップがありますか？

fu.ri.i.no/shi.ti.i/ma.p.pu.ga/a.ri.ma.su.ka/

有沒有免費的城市地圖？

♠ フォーシーズンズホテルにどうやって行ったらいいですか？

fo.o.shi.i.zu.n.zu.ho.te.ru.ni/do.o.ya.t.te/i.t.ta.ra/i.i.de.su.ka/

我要怎麼去四季飯店？

♠ タクシーで都心に行くといくらかかりますか？

ta.ku.shi.i.de/to.shi.n.ni/i.ku.to/i.ku.ra/ka.ka.ri.ma.su.ka/

坐計程車到市中心要多少錢？

♠ どこでバスに乗れますか？

do.ko.de/ba.su.ni/no.re.ma.su.ka/

我要在哪裡搭公車？

♠ ここには中国語を話せる人がいますか？

ko.ko.ni.wa/cyu.u.go.ku.go.o/ha.na.se.ru.hi.to.ga/i.ma.su.ka/

這裡有沒有會說中文的人？

▶ 證件查驗

問 パスポートとビザをお願(ねが)いします。

pa.su.po.o.to.to/bi.za.o/o.ne.ga.i/shi.ma.su/

請給我您的護照和簽證。

答 これは私(わたし)のパスポートとビザです。

ko.re.wa/wa.ta.shi.no/pa.su.po.o.to.to/bi.za.de.su/

這是我的護照和簽證。

你還可以這麼說：

♠ 私(わたし)のビザが見(み)つかりません。

wa.ta.shi.no.bi.za.ga/mi.tsu.ka.ri.ma.se.n/

我找不到我的簽證。

♠ ビザ有効時間(ゆうこうじかん)は来年(らいねん)の六月(ろくがつ)までです。

bi.za.yu.u.ko.o.ji.ka.n.wa/ra.i.ne.n.no/ro.ku.ga.tsu.ma.de.de.su/

簽證有效期到明年6月。

♠ ワーキングホリデービザです。

wa.a.ki.n.gu/ho.ri.de.e/bi.za.de.su/

這是度假打工簽證。

1 搭飛機
2 旅館住宿
3 飲食
4 速食店點餐
5 購物
6 搭乘交通工具
7 觀光

MP3 021

▶ 通關

問 一人(ひとり)で遊(あそ)びに来(き)ましたか?

hi.to.ri.de/a.so.bi.ni/ki.ma.shi.ta.ka/

你自己來旅遊的嗎？

答 はい。そうです。

ha.i/so.o.de.su/

是的，我一個人（來的）。

你還可以這麼說：

♠ 両親(りょうしん)と一緒(いっしょ)に来(き)ました。

ryo.o.shi.n.to/i.s.syo.ni/ki.ma.shi.ta/

我和我父母一起來的。

♠ ツアーです。

tsu.a.a/de.su/

我是跟團的。

♠ 私(わたし)は友達(ともだち)と一緒(いっしょ)に観光(かんこう)に来(き)ました。

wa.ta.shi.wa/to.mo.da.chi.to/i.s.syo.ni/ka.n.ko.o.ni/ki.ma.shi.ta/

我和我的朋友一起來觀光。

♠ 出張(しゅっちょう)に来(き)ました。

syu.c.cyo.o.ni/ki.ma.shi.ta/

我是來出差的。

▶ 入境原因

問 今回(こんかい)の入国(にゅうこく)の目的(もくてき)は何(なん)ですか?

ko.n.ka.i.no/nyu.u.ko.ku.no/mo.ku.te.ki.wa/na.n.de.su.ka/

你此行的目的是什麼?

答 出張(しゅっちょう)です。

syu.c.cyo.o/de.su/

我是來出差的。

你還可以這麼說:

♠ 観光(かんこう)/旅行(りょこう)に来(き)ました。

ka.n.ko.o/ryo.ko.o.ni/ki.ma.shi.ta/

我來這裡觀光/旅行。

♠ 勉強(べんきょう)に来(き)ました。

be.n.kyo.o.ni/ki.ma.shi.ta/

我來唸書的。

♠ 旅行(りょこう)だけです。

ryo.ko.o/da.ke.de.su/

只是旅遊。

♠ ただ通(とお)りかかっただけです。

ta.da/to.o.ri.ka.ka.t.ta/da.ke.de.su/

我只是過境。

MP3 022

▶ 停留時間

問 北海道(ほっかいどう)にどのくらい滞在(たいざい)するつもりですか？

ho.k.ka.i.do.o.ni/do.no.ku.ra.i/ta.i.za.i.su.ru/tsu.mo.ri.de.su.ka/

您要在北海道停留多久？

答 八日間滞在(ようかかんたいざい)するつもりです。

yo.o.ka.ka.n/ta.i.za.i.su.ru/tsu.mo.ri.de.su/

我大約會在這裡停留八天。

你還可以這麼說：

♠ ここで一週間滞在(いっしゅうかんたいざい)するつもりです。

ko.ko.de/i.s.syu.u.ka.n/ta.i.za.i.su.ru/tsu.mo.ri.de.su/

我會在這裡留一個多星期。

♠ 三週間(さんしゅうかん)ぐらいです。

sa.n.syu.u.ka.n.gu.ra.i.de.su/

大概三個星期。

♠ 三日後(みっかあと)に帰国(きこく)します。

mi.k.ka.a.to.ni/ki.ko.ku/shi.ma.su/

三天後回國。

▶ 檢查攜帶的隨身物品

問 どうして<ruby>持<rt>も</rt></ruby>ってきたのですか?

do.o.shi.te/ko.re.o/mo.t.te/ki.ta.no.de.su.ka/

你為什麼帶這些東西?

答 ただの個人用品（こじんようひん）です。

ta.da.no/ko.ji.n.yo.o.hi.n.de.su/

只是個人用品。

你還可以這麼說：

♠ この薬（くすり）は今回（こんかい）の旅行（りょこう）のために用意（ようい）しました。

ko.no.ku.su.ri.wa/ko.n.ka.i.no/ryo.ko.o.no.ta.me.ni/yo.o.i.shi.ma.shi.ta/

這些藥物是為了這趟旅行而準備的。

♠ あれはただの記念品（きねんひん）です。

a.re.wa/ta.da.no/ki.ne.n.hi.n.de.su/

那只是一些紀念品。

♠ 個人的（こじんてき）なものです。

ko.ji.n/te.ki.na/mo.no.de.su/

私人物品。

MP3 023

▶ 申報商品

問 申告（しんこく）するものはありませんか？

shi.n.ko.ku/su.ru.mo.no.wa/a.ri.ma.se.n.ka/

有沒有要申報的物品？

答 はい。申告（しんこく）するものはありません。

ha.i/shi.n.ko.ku/su.ru.mo.no.wa/a.ri.ma.se.n/

沒有，我沒有要申報的物品。

你還可以這麼說：

♠ はい。お酒（さけ）が四本（よんほん）あります。

ha.i/o.sa.ke.ga/yo.n.ho.n/a.ri.ma.su/

有的，我有四瓶酒。

♠ はい。りんごが二（ふた）つあります。

ha.i/ri.n.go.ga/fu.ta.tsu/a.ri.ma.su/

有的，我有兩顆蘋果。

MP3 023

▶ 沒收攜帶物品

問 全（すべ）てのものを没収（ぼっしゅう）しなければなりません。

su.be.te.no.mo.no.o/bo.s.syu.u.shi.na.ke.re.ba/na.ri.ma.se.n/

我必須沒收所有你的東西。

答 それらを持ち込むことができませんか？

so.re.ra.o/mo.chi.ko.mu.ko.to.ga/de.ki.ma.se.n.ka/

我不能帶這些進來？

MP3 023

▶ 詢問是否攜帶違禁品

問 何か違法なものを持っていませんか？

na.ni.ka/i.ho.o.na/mo.no.o/mo.t.te/i.ma.se.n.ka/

有沒有攜帶任何違禁品？

答 はい。持っていません。

ha.i/mo.t.te/i.ma.se.n/

沒有，我沒有帶。

MP3 024

▶ 繳交稅款

問 超過手荷物の料金を支払ってください。

cyo.o.ka/te.ni.mo.tsu.no/ryo.o.ki.n.o/shi.ha.ra.t.te/ku.da.sa.i/

你要付超重費。

答 税金はいくら支払ったらいいですか？

ze.i.ki.n.wa/i.ku.ra/shi.ha.ra.t.ta.ra/i.i.de.su.ka/

這個要付多少稅金呢？

你還可以這麼說：

♠ 税金(ぜいきん)はおいくらですか？
ze.i.ki.n.wa/o.i.ku.ra/de.su.ka/
稅金是多少？

♠ おいくらと言(い)いましたか？
o.i.ku.ra.to/i.i.ma.shi.ta.ka/
你說是多少？

♠ どうやって支払(しはら)いますか？
do.o.ya.t.te/shi.ha.ra.i.ma.su.ka/
我應該要如何付呢？

MP3 024

▶ 找不到機位

問 私(わたし)の席(せき)が見(み)つかりません。
wa.ta.shi.no/se.ki.ga/mi.tsu.ka.ri.ma.se.n/
我找不到我的座位。

答 搭乗券(とうじょうけん)を見(み)せてください。
to.o.jyo.o.ke.n.o/mi.se.te/ku.da.sa.i/
讓我看看你的登機證。

▶ 帶位

問 席まで連れて行っていただけますか?
se.ki.ma.de/tsu.re.te/i.t.te/i.ta.da.ke.ma.su.ka/
能請你幫我帶位嗎?

答 通路側をまっすぐ行って右側です。
tsu.u.ro.ga.wa.o/ma.s.su.gu/i.t.te/mi.gi.ga.wa.de.su/
順著走道，在你的右手邊。

你還可以這麼說:

♠ 私の席はどこなのか教えてください。
wa.ta.shi.no.se.ki.wa/do.ko.na.no.ka/o.shi.e.te/ku.da.sa.i/
你能告訴我我的座位在哪裡嗎?

MP3 025

▶ 確認機位

問 私の席は3 2 Lです。
wa.ta.shi.no/se.ki.wa/sa.n.jyu.u.ni/e.ru.de.su/
我的機位是是32L。

答 まっすぐ行って左側です。
ma.s.su.gu/i.t.te/hi.da.ri.ga.wa.de.su/
先直走，你就會看到在你的左手邊。

對方還可以這麼說：

♠はい。左の窓側の席です。

ha.i/hi.da.ri.no/ma.do.ga.wa.no/se.ki.de.su/

好的，是個在左邊靠窗的位子。

♠はい。右の通路側の席です。

ha.i/mi.gi.no/tsu.u.ro.ga.wa.no/se.ki.de.su/

好的，是在右邊靠走道的位子。

MP3 025

▶ 換機位

問 席を換えられますか？

se.ki.o/ka.e.ra.re.ma.su.ka/

我能不能換座位？

答 申し訳ありません。今日は満席なんです。

mo.shi.wa.ke/a.ri.ma.se.n/kyo.o.wa/ma.n.se.ki/na.n.de.su/

很抱歉！今天機位很滿。

對方還可以這麼說：

♠私と席を換わってもらえますか？

wa.ta.shi.to/se.ki.o/ka.wa.t.te/mo.ra.e.ma.su.ka/

你能和我和座位嗎？

♠喫煙区に換わってもいいですか？

ki.tsu.e.n.ku.ni/ka.wa.t.te.mo/i.i.de.su.ka/

我們能移到吸煙區嗎？

◆禁煙区の席に換えたいのですが。

ki.n.e.n.ku.no/se.ki.ni/ka.e.ta.i.no/de.su.ga/

我想要換位子到非吸煙區。

MP3 026

▶ 坐錯機位

問 すみません。あれは私の席ですが。

su.mi.ma.se.n/a.re.wa/wa.ta.shi.no/se.ki.de.su.ga/

抱歉，那是我的位子。

答 ごめんなさい。間違えました。

go.me.n.na.sa.i/ma.chi.ga.e/ma.su.ta/

抱歉，我坐錯了。

你還可以這麼說：

◆これは私の席なんですが。

ko.re.wa/wa.ta.shi.no/se.ki.na.n/de.su.ga/

這個恐怕是我的座位。

◆ 32L は私の席だと思いますが。

sa.n.jyu.u.ni/e.ru.wa/wa.ta.shi.no/se.ki.da.to/o.mo.i.ma.su.ga/

我覺得32L是我的座位。

◆通路側の席なんです。

tsu.u.ro.ga.wa.no/se.ki.na.n.de.su/

您是靠走道的位子才是。

MP3 026

▶ 飛機上的行李

問 すみません。私(わたし)の荷物(にもつ)はどこに置(お)いたほうがいいでしょうか？

su.mi.ma.se.n/wa.ta.shi.no/ni.mo.tsu.wa/do.ko.ni/o.i.ta/ho.o.ga/i.i.de.syo.o.ka/

抱歉，我應該把我的行李放哪裡？

答 頭上(ずじょう)の棚(たな)の中(なか)に余分(よぶん)な手荷物(てにもつ)を格納(かくのう)できます。

zu.jyo.o.no/ta.na.no/na.ka.ni/yo.bu.n.na/te.ni.mo.tsu.o/ka.ku.no.o/de.ki.ma.su/

你可以把多出來的行李放在上方的行李櫃裡。

MP3 026

▶ 繫緊安全帶

問 安全(あんぜん)ベルトをどうやって使(つか)いますか？

a.n.se.n/be.ru.to.o/do.o.ya.t.te/tsu.ka.i.ma.su.ka/

我要怎麼繫緊我的安全帶？

答 私(わたし)がやるとおりにしてください。

wa.ta.shi.ga/ya.ru.to.o.ri.ni/shi.te.ku.da.sa.i/

請照我示範的做。

▶ 詢問空服員問題

♠ ちょっと手伝(てつだ)っていただけませんか。

cyo.t.to/te.tsu.da.t.te/i.ta.da.ke/ma.se.n.ka/

你能幫我一個忙嗎？

♠ これを頭上(ずじょう)の棚(だな)に入(い)れてくださいませんか？

ko.re.o/zu.jyo.o.no/ta.na.ni/i.re.te/ku.da.sa.i/ma.se.n.ka/

您可以幫我把它放進上面的櫃子裡嗎？

♠ トイレはどこですか？

to.i.re.wa/do.ko.de.su.ka/

盥洗室在哪裡？

♠ 今(いま)、シートバックにもたれても良(よ)いですか？

i.ma.shi.i.to.ba.k.ku./ni/mo.ta.re.te.mo/yo.i.de.su.ka/

我現在可以將椅背往後靠嗎？

♠ 今(いま)、タバコを吸(す)ってもいいですか？

i.ma/ta.ba.ko.o/su.t.te.mo/i.i.de.su.ka/

我現在可以抽煙嗎？

♠ いつ免税(めんぜい)の香水(こうすい)を買(か)えますか？

i.tsu/me.n.ze.i.no/ko.o.su.i.o/ka.e.ma.su.ka/

我什麼時候可以買免稅香水？

♠ アメリカの現地時間(げんちじかん)は何時(なんじ)ですか？

a.me.ri.ka.no/ge.n.chi/ji.ka.n.wa/na.n.ji.de.su.ka/

美國當地時間是幾點鐘？

♠ 枕（まくら）をいただけますか？

ma.ku.ra.o/i.ta.da.ke/ma.su.ka/

能給我一個枕頭靠墊嗎？

♠ スリッパをいただけますか？

su.ri.p.pa.o/i.ta.da.ke/ma.su.ka/

能給我一雙拖鞋嗎？

♠ 今（いま）、電子製品（でんしせいひん）を使（つか）ってもいいですか？

i.ma/de.n.shi.se.i.hi.n.o/tsu.ka.t.te.mo/i.i.de.su.ka/

現在可以使用電子產品嗎？

♠ 機内食（きないしょく）はいつ提供（ていきょう）されますか？

ki.na.i.syo.ku.wa/i.tsu/te.i.kyo.o.sa.re.ma.su.ka/

何時開始供餐？

♠ 精進料理（しょうじんりょうり）を提供（ていきょう）していますか？

syo.o.ji.n.ryo.o.ri.o/te.i.kyo.o.shi.te/i.ma.su.ka/

請問有供應素食餐點嗎？

MP3 028

▶ 尋求空服員協助提供物品

問 ちょっと寒（さむ）く感（かん）じます。毛布（もうふ）をいただけますか？

cyo.t.to/sa.mu.ku/ka.n.ji.ma.su/mo.o.fu.o/i.ta.da.ke/ma.su.ka/

我覺得有一些冷，我能要一條毯子嗎？

答 もちろん。枕（まくら）はいかがですか？

mo.chi.ro.n/ma.ku.ra.wa/i.ka.ga.de.su.ka/

好的，你要不要枕頭？

你還可以這麼說：

♠ 中国語(ちゅうごくご)の新聞(しんぶん)がありますか？
cyu.u.go.ku.go.no/shi.n.bu.n.ga/a.ri.ma.su.ka/
你們有中文報紙嗎？

♠ トランプをいただけますか?
to.ra.n.pu.o/pa.k.ku.o/i.ta.da.ke/ma.su.ka/
可以給我一副撲克牌嗎？

♠ ヘッドホンをいただけますか？
he.d.do.ho.n.o/i.ta.da.ke/ma.su.ka/
可以給我一副耳機嗎？

♠ お水(みず)をいただけますか？
o.mu.zu.o/i.ta.da.kc/ma.su.ka/
我可以要一杯水嗎？

MP3 028

▶ 協助操作機器

問 このライトはどうやって点(つ)けますか?
ko.no.ra.i.to.wa/do.o.ya.t.te/tsu.ke.ma.su.ka/
我要怎麼打開這個燈？

答 私(わたし)が点(つ)けましょう。
wa.ta.shi.ga/tsu.ke.ma.syo.o/
我來幫您打開。

你還可以這麼說：

♠ これはどうやって操作しますか？

ko.re.wa/do.o.ya.t.te/so.o.sa.shi.ma.su.ka/

這個要怎麼操作？

♠ 動いていません。

u.go.i.te/i.ma.se.n/

這個不能運轉。

♠ ミュージックチャネルにチェンジできません。

myu.u.ji.k.ku/cya.ne.ru.ni/cye.n.ji/de.ki.ma.se.n/

無法切換成音樂頻道。

▶ 用餐時間

問 何時に御食事をしますか?

na.n.ji.ni/o.syo.ku.ji.o/shi.ma.su.ka/

我們幾點用餐？

答 七時です。

shi.chi.ji.de.su/

大約七點鐘。

▶ 詢問餐點選擇

問 晚御飯(ばんごはん)は何(なに)を召(め)し上(あ)がりますか?

ba.n.go.ha.n.wa/na.ni.o/me.shi.a.ga.ri/ma.su.ka/

晚餐您想吃什麼？

答 何(なに)がありますか?

na.ni.ga/a.ri.ma.su.ka/

你們有什麼（餐點）？

MP3 029

▶ 選擇餐點

問 晚御飯(ばんごはん)は何(なん)にしますか?

ba.n.go.ha.n.wa/na.n.ni/shi.ma.su.ka/

晚餐您想吃什麼？

答 牛肉(ぎゅうにく)をお願(ねが)いします。

gyu.u.ni.ku.o/o.ne.ga.i/shi.ma.su/

我要吃牛肉，謝謝。

你還可以這麼說：

♠ 精進料理(しょうじんりょうり)はありますか？

syo.o.ji.n.ryo.o.ri.wa/a.ri.ma.su.ka/

你們有素食餐點嗎？

♠ ラーメンはありますか？

ra.a.me.n.wa/a.ri.ma.su.ka/

你們有拉麵嗎？

♠ 鶏肉料理(とりにくりょうり)はありますか？
to.ri.ni.ku.ryo.o.ri.wa/a.ri.ma.su.ka/
有雞肉料理嗎？

MP3 030

▶ 選擇飲料

問 コーヒーかお茶(ちゃ)はいかがですか?
ko.o.hi.i.ka/o.cya.wa/i.ka.ga/de.su.ka/
要不要咖啡或茶？

答 コーヒーをお願(ねが)いします。
ko.o.hi.i.o.o/ne.ga.i/shi.ma.su/
請給我咖啡。

你還可以這麼說：

♠ お茶(ちゃ)をもっといただけますか？
o.cya.o/mo.t.to/i.ta.da.ke/ma.su.ka/
我能再多要點茶嗎？

MP3 030

▶ 要求提供飲料

問 お水(みず)をください。
o.mi.zu.o./ku.da.ta.i/
我能要一杯水嗎？

答 はい。すぐに持ってまいります。

ha.i/su.gu.ni/mo.t.te.ma.i.ri.ma.su/

好的，我馬上回來。

你還可以這麼說：

♠ コーヒーをいただけますか？

ko.o.hi.i.o/i.ta.da.ke/ma.su.ka/

我可以喝一些咖啡嗎？

♠ オレンジジュースをいただけますか？

o.re.n.ji/jyu.u.su.o/i.ta.da.ke/ma.su.ka/

我能要一杯柳橙汁嗎？

♠ 飲み物をいただけますか？

no.mi.mo.no.o/i.ta.da.ke/ma.su.ka/

我能喝點飲料嗎？

♠ 喉が少し渇いていますので、冷たい飲み物がありますか？

no.do.ga/su.ko.shi/ka.wa.i.te/i.ma.su.no.de/tsu.me.ta.i/no.mi.mo.no.ga/a.ri.ma.su.ka/

我有一點口渴，你們有任何冷飲嗎？

♠ お湯をいただけますか？熱すぎないようにしてください。

o.yu.o/i.ta.da.ke/ma.su.ka/a.tsu.su.gi/na.i.yo.o.ni/shi.te/ku.da.sa.i/

我可以要一杯熱開水嗎？不要太熱。

♠ 白ワインを一杯飲みたいのですが。

shi.ro.wa.i.n.o/i.p.pa.i/no.mi.ta.i.no/de.su.ga/

我想來一杯白酒。

MP3 031

▶ 在飛機上覺得不舒服

問 顏色が良くないですね。

ka.o.i.ro.ga/yo.ku.na.i.de.su.ne/

你看起來氣色不太好。

答 気分が悪いです。

ki.bu.n.ga/wa.ru.i.de.su/

我覺得不舒服。

你還可以這麼說：

♠ 飛行機に酔いました。

hi.ko.o.ki.ni/yo.i.ma.shi.ta/

我覺得暈機。

♠ 私は吐き気がします。

wa.ta.shi.wa/ha.ki.ke.ga/shi.ma.su/

我想吐。

♠ ここが痛いです。

ko.ko.ga/i.ta.i/de.su/

我這裡痛。

♠ エチケット袋を持っていますか?

e.chi.ke.t.to.bu.ku.ro.o/mo.t.te/i.ma.su.ka/

你有嘔吐袋嗎？

▶ 在飛機上生病

問 大丈夫(だいじょうぶ)ですか?

da.i.jyo.o.bu/de.su.ka/

先生，您還好吧？

答 お医者(いしゃ)さんに見(み)てもらいたいです。

o.i.sya.sa.n.ni/mi.te/mo.ra.i.ta.i.de.su/

我需要醫生。

你還可以這麼說：

♠ 頭(あたま)が痛(いた)いです。

a.ta.ma.ga/i.ta.i/de.su/

我頭痛。

♠ 胃(い)が痛(いた)いです。

i.ga/i.ta.i/de.su/

我胃痛。

♠ 熱(ねつ)があります。

a.tsu.ga/a.ri.ma.su/

我發燒了。

♠ 喉(のど)は良(よ)くないです。

no.do.wa/yo.ku.na.i.de.su/

我喉嚨不舒服。

Unit 2

旅館住宿

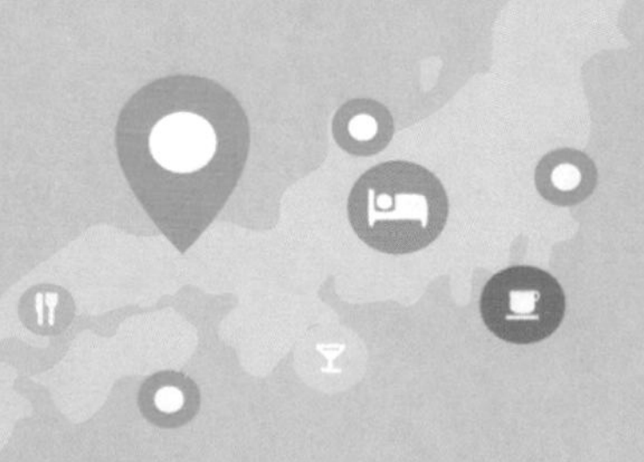

▶ 詢問空房

問 ツインベッド付き（づ）の部屋（へや）はありますか？

tsu.i.n.be.tsu.do/du.ki.no/he.ya.wa/a.ri.ma.su.ka/

你們有兩張單人床的房間嗎？

答 ありますよ。

a.ri.ma.su.yo/

是的，我們有。

你還可以這麼說：

♠ シングルの部屋（へや）はありますか？

shi.n.gu.ru.no/he.ya.wa/a.ri.ma.su.ka/

你們有單人房嗎？

♠ ダブルの部屋（へや）はありますか？

da.bu.ru.no/he.ya.wa/a.ri.ma.su.ka/

你們有床人床的房間嗎？

♠ ベッドが二つ（ふた）あるビジネスルームがありますか？

be.d.do.ga/fu.ta.tsu.a.ru/bi.ji.ne.su.ru.u.mu.ga/a.ri.ma.su.ka/

你們有兩張床的商務房嗎？

MP3 033

▶ 旅館客滿

問 ツインの部屋(へや)はありますか?

tsu.i.n.no/he.ya.wa/a.ri.ma.su.ka/

你們有兩張單人床的房間嗎？

答 申(もう)し訳(わけ)ありませんが、もう満室(まんしつ)なんですが。

mo.o.shi.wa.ke/a.ri.ma.se.n.ga/mo.o/ma.n.shi.tsu/na.n.de.su.ga/

抱歉，我們全部客滿了。

對方還可以這麼說：

♠ 明日以降(あしたいこう)はありますので、予約(よやく)を入(い)れておきましょうか？

a.shi.ta.i.ko.o.wa/a.ri.ma.su.no.de/yo.ya.ku.o.i.re.te/o.ki.ma.syo.o.ka/

明天以後會有空房，需要替您保留嗎？

♠ 国際展(こくさいてん)があるので、もう満室(まんしつ)なんです。

ko.ku.sa.i/te.n.ga/a.ru.no.de/mo.o/ma.n.shi.tsu.na.n.de.su/

因為國際展覽之故，我們已經客滿了。

▶ 訂房

問 ダブルの部屋(へや)はお一(ひと)つあります。

da.bu.ru.no/he.ya.wa/o.hi.to.tsu/a.ri.ma.su/

我們目前有一個雙人床房間。

答 予約(よやく)したいのですが。

yo.ya.ku/shi.ta.i.no/de.su.ga/

好，我要訂。

你還可以這麼說：

♠ シングルの部屋(へや)を予約(よやく)したいのですが。

shi.n.gu.ru.no/he.ya.o/yo.ya.ku.shi.ta.i.no.de.su.ga/

我要一間單人房。

♠ ツインを予約(よやく)したいのですが。

tsu.i.n.o/yo.ya.ku.shi.ta.i.no.de.su.ga/

我要一間有兩張床的雙人房間。

MP3 034

▶ 推薦其他飯店

問 別のホテルを紹介していただけますか？

be.tsu.no/ho.te.ru.o/syo.o.ka.i.shi.te/i.ta.da.ke/ma.su.ka/

你可以推薦另一個飯店嗎？

答 はい。市谷田町に別のホテルがあります。

ha.i/i.chi.ga.ya.ta.ma.chi.ni/be.tsu.no/ho.te.ru.ga/a.ri.ma.su/

好的。在市谷田町有另一家飯店。

你還可以這麼說：

♠ 近くにホテルがありますか？

chi.ka.ku.ni/ho.te.ru.ga/a.ri.ma.su.ka/

這附近還有沒有旅館？

♠ リーズナブルな料金の旅館がありますか？

ri.i.zu.na.bu.ru.na/ryo.o.ki.n.no/ryo.ka.n.ga/a.ri.ma.su.ka/

有價格合理的旅館嗎？

♠ 民宿を紹介してもらえますか？

mi.n.syu.ku.o/syo.o.ka.i.shi.te/mo.ra.e/ma.su.ka/

可以推薦民宿嗎？

▶ 詢問房價

問 一泊(いっぱく)おいくらですか？

i.p.pa.ku.wa/o.i.ku.ra/de.su.ka/

(住宿)一晚要多少錢？

答 一泊九千円(いっぱくきゅうせんえん)です。

i.p.pa.ku.wa/kyu.u.se.n.e.n/de.su/

一晚要九千元。

你還可以這麼說：

♠ おいくらですか？

o.i.ku.ra/de.su.ka/

要多少錢？

♠ 一週間(いちしゅうかん)でおいくらですか？

i.chi.syu.u.ka.n.de/o.i.ku.ra/de.su.ka/

一個星期得付多少錢？

♠ もっと安(やす)い部屋(へや)はありませんか？

mo.t.to/ya.su.i/he.ya.wa/a.ri.ma.su.ka/

你們有便宜一點的房間嗎？

♠ シングルの部屋(へや)はおいくらですか？

shi.n.gu.ru.no/he.ya.wa/o.i.ku.ra/de.su.ka/

單人房多少錢？

MP3 035

▶ 房價包括的項目

問 食事込みですか？

syo.ku.ji.ko.mi.de.su.ka/

有包括餐點嗎？

答 はい。

ha.i/

有的。

你還可以這麼說：

♠ 宿泊料金は食事込みですか？

syu.ku.ha.ku.ryo.o.ki.n.wa/syo.ku.ji.ko.mi.de.su.ka/

住宿費有包括餐點嗎？

♠ 税金込みですか？

ze.i.ki.n.ko.mi.de.su.ka/

有含稅嗎？

♠ ほかに清潔費とかサービス料が必要ですか？

ho.ka.ni/se.i.ke.tsu.hi.to.ka/sa.a.bi.su.ryo.o.ga/hi.tsu.yo.o.de.su.ka/

需要另收清潔費或服務費嗎？

▶ 登記住宿

問 何かお困りですか？

na.ni.ka/o.ko.ma.ri.de.su.ka/

先生，需要我幫忙嗎？

答 チェックインをお願いします。

cye.k.ku.i.n.o/o.ne.ga.i.shi.ma.su/

我要登記住宿。

你還可以這麼說：

♠ 二泊予約しました。

ni.ha.ku/yo.ya.ku/shi.ma.shi.ta/

我已訂了兩天住宿。

♠ これは確認書です。

ko.re.wa/ka.ku.ni.n.syo/de.su/

這是我的確認單。

♠ 今日チェックインして、あさってチェックアウトをするつもりです。

kyo.o/cye.k.ku.i.n.shi.te/a.sa.t.te/cye.k.ku.a.u.to.o/su.ru.tsu.mo.ri.de.su/

預計今天入住，後天退房。

MP3 036

▶ 詢問登記住宿的時間

問 いつチェックインができますか？

i.tsu/cye.k.ku.i.n.ga/de.ki.ma.su.ka/

我什麼時候可以登記住宿？

答 朝十一時以後(あさじゅういちじいご)ならいつでもいいです。

a.sa/jyu.u.i.chi.ji/i.go.na.ra/i.tsu.de.mo/i.i.de.su/

早上十一點之後都可以。

你還可以這麼說：

♠ いつチェックインができますか？

i.tsu/cye.k.ku.i.n.ga/de.ki.ma.su.ka/

什麼時候可以登記住宿？

♠ 何時(なんじ)までにチェックインしたらいいですか？

na.n.ji.ma.de.ni/cye.k.ku.i.n.shi.ta.ra/i.i.de.su.ka/

幾點前需要辦理住宿手續？

♠ チェックインはここでいいですか？

cye.k.ku.i.n.wa/ko.ko.de/i.i.de.su.ka/

住宿登記在這邊辦理就可以了嗎？

▶ 詢問是否預約登記住宿

問 予約(よやく)をしましたか？

yo.ya.ku.o/shi.ma.shi.ta.ka/

您有預約住宿嗎？

答 はい。予約(よやく)をしました。名前(なまえ)は藤田奈々(ふじたなな)です。

ha.i/yo.ya.ku.o/shi.ma.shi.ta/na.ma.e.wa/fu.ji.ta.na.na/de.su/

有的，我有預約訂房。我的名字是藤田奈奈。

你還可以這麼說：

♠ いいえ。予約(よやく)をしませんでした。

i.i.e/yo.ya.ku.o/shi.ma.se.n/de.shi.ta/

沒有，我沒有預約。

♠ ネットで予約(よやく)したんです。

ne.t.to.de/yo.ya.ku/shi.ta.n.de.su/

我是透過網路預約的。

MP3 037

▶ 房間的樓層

問 何階(なんがい)ですか?

na.n.ga.i/de.su.ka/

在幾樓?

答 三階(さんがい)です。

sa.n.ga.i/de.su/

在三樓。

MP3 037

▶ 飯店用餐

問 これは朝食券(ちょうしょくけん)です。

ko.re.wa/cyo.o.syo.ku.ke.n/de.su/

這是您的早餐券。

答 朝食(ちょうしょく)はいつからですか?

cyo.o.syo.ku.wa/i.tsu.ka.ra/de.su.ka/

早餐什麼時候供應?

你還可以這麼說:

♠ どこで食事(しょくじ)をしますか?

do.ko.de/syo.ku.ji.o/shi.ma.su.ka/

我應該去哪用餐?

▶ 沒有早餐券

問 朝食券を持ってくるのを忘れました。

cyo.o.syo.ku.ke.n.o/mo.t.te.ku.ru.no.o/wa.su.re.ma.shi.ta/

我忘了帶早餐券。

答 大丈夫です。お部屋番号をお願いします。

da.i.jyo.o.bu.de.su/o.he.ya.ba.n.go.o.o/o.ne.ga.i.shi.ma.su/

沒關係。只要告訴我房號就好。

你還可以這麼說：

♠ 朝食券をなくしました。

cyo.o.syo.ku.ke.n.o/na.ku.shi/ma.shi.ta/

我把早餐券弄丟了。

♠ 朝食券に部屋番号を書かなければなりませんか？

cyo.o.syo.ku.ke.n.ni/he.ya.ba.n.go.o.o/ka.ka.na.ke.re.ba/na.ri.ma.se.n.ka/

早餐券上需要填上房號嗎？

MP3 038

▶ 表明身分

問 お部屋番号をお願いします。

o.he.ya.ba.n.go.o.o/o.ne.ga.i.shi.ma.su/

您的房號是幾號？

答 ６１８号室の富塚直美です。

ro.ku.i.chi/ha.chi.go.o.shi.tsu.no/to.mi.tsu.ka/na.o.mi/de.su

我是618號房的富塚直美

你還可以這麼說：

♠ これは２０６号室です。

ko.re.wa/ni.ze.ro/ro.ku.go.o.shi.tsu/de.su/

這是206號房。

♠ 私の部屋は３００号室です。

wa.ta.shi.no/he.ya.wa/sa.n.bya.ku/go.o.shi.tsu/de.su/

我的房間號碼是300。

▶ 提供房間鑰匙

問 756号室のキーをお願いします。

na.na.go/ro.ku.go.o.shi.tsu.no/ki.i.o/o.ne.ga.i/shi.ma.su/

房號756。請給我鑰匙。

答 これをどうぞ。

ko.re.o/do.o.zo/

先生，在這裡。

你還可以這麼說：

♠ ７５６号室のキーをください。

na.na.go/ro.ku.go.o.shi.tsu.no/ki.i.o/ku.da.sa.i/

我要拿房號756的鑰匙。

♠ 私の部屋は７５６です。

wa.ta.shi.no/he.ya.wa/na.na.go/ro.ku.de.su/

我的房間號碼是756。

MP3 039

▶ 早上叫醒服務

問 八時（はちじ）にモーニングコールをお願（ねが）いします。

ha.chi.ji.ni/mo.o.ni.n.gu.ko.o.ru.o/o.ne.ga.i/shi.ma.su/

請在八點打電話叫醒我。

答 かしこまりました。

ka.shi.ko/ma.ri.ma.shi.ta/

好的。

你還可以這麼說：

♠ 毎朝（まいあさ）モーニングコールをお願（ねが）いします。

ma.i.a.sa.mo.o.ni.n.gu.ko.o.ru.o/o.ne.ga.i/shi.ma.su/

我每一天都要早上叫醒(的服務)。

♠ 毎朝（まいあさ）モーニングコールをいただけますか？

ma.i.a.sa.mo.o.ni.n.gu.ko.o.ru.o/i.ta.da.ke/ma.su.ka/

我能有早上叫醒的服務嗎？

MP3 039

▶ 客房服務

問 どうされますか？

do.o.sa.re.ma.su.ka/

有什麼需要我服務的？

答 504号室に枕をもう一つお願いします。
go.ze.ro.yo.n/go.o.shi.tsu.ni/ma.ku.ra.o/mo.o.hi.to.tsu/o.ne.ga.i.shi.ma.su/
我要在504房多加一個枕頭。

你還可以這麼說：

♠ シャンペンを一本持ってきていただけますか？
sya.n.pe.n.o/i.p.po.n/mo.t.te.ki.te/i.ta.da.ke.ma.su.ka/
你能帶一瓶香檳給我們嗎？

♠ それから鶏肉サンドイッチをお願いします。
so.re.ka.ra/to.ri.ni.ku.sa.n.do.i.c.chi.o/o.ne.ga.i.shi.ma.su/
還有我要一份雞肉三明治。

♠ 私の部屋にタオルがありません。
wa.ta.shi.no/he.ya.ni/ta.o.ru.ga/a.ri.ma.se.n/
我的房裡沒有毛巾。

MP3 040

♠ 今すぐタオルを何枚か持ってきていただけますか？
i.ma.su.gu/ta.o.ru.o/na.n.ma.i.ka/mo.t.te.ki.te/i.ta.da.ke.ma.su.ka/
請你馬上送幾條毛巾過來好嗎？

♠ 氷をお願いします。
ko.o.ri.o/o.ne.ga.i.shi.ma.su/
我需要冰塊。

♠アイロンとアイロン台（だい）をお願（ねが）いできますか？

a.i.ro.n.to/a.i.ro.n.da.i.o/o.ne.ga.i.de.ki.ma.su.ka/

能給我熨斗跟燙板嗎？

♠こちらは３１５号室（さんびゃくじゅうごごうしつ）です。ヘアドライヤーをお願（ねが）いします。

ko.chi.ra.wa/sa.n.bya.ku.jyu.u.go/go.o.shi.tsu.de.su/
he.a.do.ra.i.ya.a.o/o.ne.ga.i.shi.ma.su/

這是315號房，我需要一隻吹風機。

MP3 040

▶ 衣物送洗

問 ランドリーサービスがありますか?

ra.n.do.ri.i/sa.a.bi.su.ga/a.ri.ma.su.ka/

你們有洗衣服務嗎？

答 ポリ袋（ぶくろ）に入（い）れて、ベッドの上（うえ）に置（お）いてください。

po.ri.bu.ku.ro.ni/i.re.te/be.d.do.no/u.e.ni/o.i.te/ku.da.sa.i/

請放在塑膠袋裡，然後放在床上。

你還可以這麼說：

♠私（わたし）のスーツをクリーニングに出（だ）したいと思（おも）います。

wa.ta.shi.no/su.u.tsu.o/ku.ri.i.ni.n.gu.ni/da.shi.ta.i.to/o.mo.i.ma.su/

我要把我的西裝送洗。

▶ 拿回送洗衣物

問 いつ取りに来てもらえますか？

i.tsu/to.ri.ni.ki.te/mo.ra.e.ma.su.ka/

你什麼時候可以來拿？

答 正午までなら大丈夫です。

syo.o.go.ma.de.na.ra/da.i.jyo.o.bu.de.su/

中午之前就可以。

你還可以這麼說：

♠ 昨日クリーニングに出したコートがまだ戻ってきていません。

ki.no.o/ku.ri.i.ni.n.gu.ni/da.shi.ta.ko.o.to.ga/ma.da.mo.do.t.te.ki.te.i.ma.su/

我昨天送洗的外套還沒送回來。

♠ 何時からクリーニングに出せますか？

na.n.ji.ka.ra/ku.ri.i.ni.n.gu.ni/da.se.ma.su.ka/

你們從什麼時間起受理送洗的衣物？

041

▶ 旅館設施出問題

♠ 部屋の鍵が壊れています。

he.ya.no/ka.gi.ga/ko.wa.re.te/i.ma.su/

房間的鎖壞了。

♠ ドライヤーが使えません。

do.ra.i.ya.a.ga/tsu.ka.e.ma.se.n/

吹風機壞了。

♠ 私の部屋はお湯が出ません。

wa.ta.shi.no.he.ya.wa/o.yu.ga/de.ma.se.n/

我的房間裡沒有熱水。

♠ トイレがちょっと変です。

to.i.re.ga/cyo.t.to/he.n.de.su/

馬桶有點問題。

♠ 私の電話は故障しています。

wa.ta.shi.no/de.n.wa.wa/ko.syo.o.shi.te/i.ma.su/

我的電話故障了。

♠ 私の部屋のトイレは壊れています。

wa.ta.shi.no/he.ya.no/to.i.re.wa/ko.wa.re.te/i.ma.su/

我房間的廁所壞了。

♠ トイレが流せないんですが。

to.i.re.ga/na.ga.se.na.i.n.de.su.ga/

馬桶不能沖水了。

MP3 042

♠ フィラメントが壊れていると思います。

fi.ra.me.n.to.ga/ko.wa.re.te/i.ru.to/o.mo.i.ma.su/

我想燈絲壞了。

♠ 水が流れません。

mi.zu.ga/na.ga.re.ma.se.n/

水流不出來。

♠ トイレットペーパーがありません。

to.i.re.t.to.pe.e.pa.a.ga/a.ri.ma.se.n/

沒有衛生紙了。

♠ エアコンが壊(こわ)れています。

e.a.ko.n.ga/ko.wa.re.te/i.ma.su/

空調壞了。

♠ リモコンが使(つか)えません。

ri.mo.ko.n.ga/tsu.ka.e.ma.se.n/

電視遙控器無法使用。

♠ チャネルが換(か)えられません。

cya.re.ru.ga/ka.e.ra.re.ma.se.n/

頻道無法切換。

MP3 042

▶ 在房間內打外線電話

問 ホテルからどうやって外(そと)に電話(でんわ)したらいいですか?

ho.te.ru.ka.ra/do.o.ya.t.te/so.to.ni/de.n.wa.shi.ta.ra/i.i.de.su.ka/

要怎麼從飯店撥外線出去？

答 9(きゅう)を先(さき)に押(お)してから電話番号(でんわばんごう)を押(お)します。

kyu.u.o.sa.ki.ni/o.shi.te.ka.ra/de.n.wa.ba.n.go.o.o/o.shi.ma.su/

先撥九，再撥電話號碼。

你還可以這麼說：

♠ このコインでお電話(でんわ)が掛(か)けられますか？

ko.no.ko.i.n.de/o.de.n.wa.ga/ka.ke.ra.re.ma.su.ka/

這個硬幣可以打電話嗎？

♠ 電話番号案内(でんわばんごうあんない)につなげていただけますか？

de.n.wa.ba.n.go.o/a.n.na.i.ni/tsu.na.ge.te/i.ta.da.ke.ma.su.ka/

可以幫我接查號台嗎？

▶ 詢問退房時間

問 チェックアウトはいつまでですか？

cye.k.ku.a.u.to.wa/i.tsu.ma.de.de.su.ka/

退房的時間是什麼時候？

答 朝十一時(あさじゅういちじ)までです。

a.sa/jyu.u.i.chi.ji/ma.de.de.su/

早上十一點之前。

MP3 043

▶ 退房

問 チェックアウトをお願(ねが)いします。

cye.k.ku.a.u.to.o/o.ne.ga.i/shi.ma.su/

我要退房。

答 かしこまりました。

ka.shi.ko.ma.ri.ma.shi.ta/

好的，先生。

你還可以這麼說：

♠ チェックアウトをお願(ねが)いします。

cye.k.ku.a.u.to.o/o.ne.ga.i.shi.ma.su/

我要退房。

MP3 043

▶ 結帳

問 おいくらですか？

o.i.ku.ra/de.su.ka/

這要收多少錢？

答 二万円(にまんえん)です。

ni.ma.n.e.n.de.su/

您的帳單是兩萬元。

你還可以這麼說：

♠ 宿泊料(しゅくはくりょう)を精算(せいさん)してください。

syu.ku.ha.ku.ryo.o.o/se.i.sa.n.shi.te/ku.da.sa.i/

請結算我的住宿費。

♠ 追加料金(ついかりょうきん)はありますか？

tsu.i.ka/ryo.o.ki.n.wa/a.ri.ma.su.ka/

是否有其他附加費用？

♠ ソーダを一本飲んだので、さらにいくら払ったらいいですか？

so.o.da.o/i.p.po.n/no.n.da.no.de/sa.ra.ni/i.ku.ra.ha.ra.t.ta.ra/i.i.de.su.ka/

我喝了一罐汽水，要追加多少錢？

▶ 付帳方式

問 お支払い方法はいかがしましょうか？

o.shi.ha.ra.i/ho.o.ho.o.wa/i.ka.ga.shi.ma.syo.o.ka/

先生，您要怎麼付錢呢？

答 現金でお願いします。

ge.n.ki.n.de/o.ne.ga.i.shi.ma.su/

我會付現金。

你還可以這麼說：

♠ クレジットカードでお願いします。

ku.re.ji.t.to/ka.a.do.de/shi.ma.su/

用信用卡付。

♠ トラベラーズチェックで支払ってもいいですか？

to.ra.be.ra.a.zu.che.k.ku.de/shi.ha.ra.t.te.mo/i.i.de.su.ka/

我可以付旅行支票嗎？

♠ハーフは現金(げんきん)で、ハーフはカードで。

ha.a.fu.wa/ge.n.ki.n.de/ha.a.fu.wa/ka.a.do.de/

一半現金，一半刷卡。

MP3 044

▶帳單有問題

問 この明細書(めいさいしょ)ちょっとおかしいですよ。

ko.no.me.i.sa.i.syo/cyo.t.to.o.ka.shi.i.de.su.yo/

帳單恐怕有點問題。

答 申(もう)し訳(わけ)ありませんが、ちょっと見(み)せていただけませんか？

mo.o.shi.wa.ke.a.ri.ma.se.n.ga/cyo.t.to.mi.se.te/i.ta.da.ke.ma.se.n.ka/

抱歉。我看一看。

你還可以這麼說：

♠サービス料金(りょうきん)と税金(ぜいきん)は込(こ)みですか？

sa.a.bi.su.ryo.o.ki.n.to/ze.i.ki.n.wa/ko.mi.de.su.ka/

是否包括服務費和稅金嗎？

♠明細書(めいさいしょ)はちょっと変(へん)です。

me.i.sa.i.syo.wa/cyo.t.to/he.n.de.su/

帳單有點問題。

MP3 045

▶ 和櫃臺互動

問 どうしましたか？

do.o.shi.ma.shi.ta.ka/

需要我幫忙嗎？

答 部屋（へや）を換（か）えたいのですが。

he.ya.o/ka.e.ta.i.no/de.su.ga/

我想換房間。

你還可以這麼說：

♠ ロッカーはどこにありますか？

ro.k.ka.a.wa/do.ko.ni/a.ri.ma.su.ka/

寄物櫃在哪裡？

♠ 私（わたし）にメッセージはありますか？

wa.ta.shi.ni/me.s.se.e.ji.wa/a.ri.ma.su.ka/

我有任何的留言嗎？

♠ 私（わたし）は６０２号室（ろっぴゃくにごうしつ）の伊藤由里（いとうゆり）です。私（わたし）にメッセージはありますか？

wa.ta.shi.wa/ro.p.pya.ku.ni.go.o.shi.tsu.no/i.to.o.yu.ri.de.su/wa.ta.shi.ni/me.s.se.e.ji.wa/a.ri.ma.su.ka/

我是602室的伊藤有里。有沒有給我的留言？

♠ 部屋（へや）の鍵（かぎ）をなくしました。

he.ya.no/ka.gi.o/na.ku.shi.ma.shi.ta/

我遺失了房間鑰匙了。

♠ カギをかけたまま部屋を出てしまいました。

ka.gi.o/ka.ke.ta.ma.ma/he.ya.o.de.te/shi.ma.i.ma.shi.ta/

我把自己反鎖在外面。

♠ 荷物を預かってもらえますか？

ni.mo.tsu.o.a.zu.ka.t.te/mo.ra.e.ma.su.ka/

請你幫我保管行李好嗎？

♠ 荷物を受け取りたいのですが。

ni.mo.tsu.o/u.ke.to.ri.ta.i.no.de.su.ga/

我要拿行李。

♠ タクシーを呼んでください。空港に行きますので。

ta.ku.shi.i.o/yo.n.de/ku.da.sa.i/ku.u.ko.o.ni/i.ki.ma.su.no.de/

請你幫我叫部計程車好嗎？我要去機場。

♠ 空港に行くバスはどこで乗りますか？

ku.u.ko.o.ni/i.ku.ba.su.wa/do.ko.de/no.ri.ma.su.ka/

請問去機場的巴士在哪裡搭？

Unit 3

飲食

▶ 詢問營業時間

問 レストランは何時(なんじ)から営業(えいぎょう)していますか？

re.su.to.ra.n.wa/na.n.ji.ka.ra/e.i.kyo.o.shi.te/i.ma.su.ka/

餐廳幾點開始營業？

答 レストランは朝十一時(あさじゅういちじ)から営業(えいぎょう)します。

re.su.to.ra.n.wa/a.sa/jyu.u.i.chi.ji.ka.ra/e.i.gyo.o.shi.ma.su/

餐廳早上十一點開始營業。

對方還可以這麼說：

♠ 夜十時(よるじゅっじ)に閉(し)めます。

yo.ru/jyu.j.ji.ni/shi.me.ma.su/

餐廳晚上十點打烊。

♠ レストランの営業時間(えいぎょうじかん)は朝十一時(あさじゅういちじ)から夜十時(よるじゅうじ)までです。

re.su.to.ra.n.no/e.i.gyo.o.ji.ka.n.wa/a.sa/jyu.u.i.chi.ji.ka.ra/yo.ru/jyu.u.ji.ma.de.de.su.

餐廳的營業時間從早上十一點到晚上十點。

MP3 047

▶ 餐點的種類

問 晩御飯(ばんごはん)は何(なん)にしますか？

ba.n.go.ha.n.wa/na.n.ni/shi.ma.su.ka/

你晚餐想吃什麼？

答 晩御飯(ばんごはん)は鰻丼(うなどん)にしましょう。

ba.n.go.ha.n.wa/u.na.do.n.ni/shi.ma.syo.o/

我們晚餐吃鰻魚丼吧！

你還可以這麼說：

♠ ハンバーガーを食(た)べたいです。

ha.n.ba.a.ga.a.o/ta.be.ta.i.de.su/

我想吃漢堡。

♠ フライドチキンを食(た)べたいです。

fu.ra.i.do.chi.ki.n.o/ta.be.ta.i.de.su/

我想要吃炸雞。

♠ 中華料理(ちゅうかりょうり)を食(た)べたいです。

cyu.u.ka.ryo.o.ri.o/ta.be.ta.i.de.su/

我想吃中華料理。

▶ 邀請用餐

問 ご一緒(いっしょ)にお食事(しょくじ)しませんか?

go.i.s.syo.ni/o.syo.ku.ji.shi.ma.se.n.ka/

你想和我們一起用餐嗎？

答 そうしたいのは山々(やまやま)なんですが、ほかの予定(よてい)がありますので。

so.o.shi.ta.i.no.wa/ya.ma.ya.ma.na.n.de.su.ga/ho.ka.no.yo.te.i.ga/a.ri.ma.su.no.de/

我們很想，但是我們有其他計畫。

MP3 047

▶ 電話訂位

問 予約(よやく)したいのですが。

yo.ya.ku.shi.ta.i.no/de.su.ga/

我想訂訂位。

答 何時(なんじ)に予約(よやく)なさいますか?

na.n.ji.ni/yo.ya.ku/na.sa.i.ma.su.ka/

先生，(訂)什麼時間？

MP3 048

▶ 回答是否要用餐

問 お腹(なか)が空(す)いてしまいました。

o.na.ka.ga/su.i.te/shi.ma.i.ma.shi.ta/

我餓了。

答 何(なに)か食(た)べましょう。

na.ni.ka/ta.be.ma.syo.o/

我們隨便找點東西吃吧！

你還可以這麼說：

♠ 全然空(ぜんぜんす)いていませんが。

ze.n.ze.n/su.i.te/i.ma.se.n.ga/

可是我一點都不餓。

♠ ちょっと違(ちが)うのを試(ため)したいのですが。

cyo.t.to/chi.ga.u.no.o/ta.me.shi.ta.i.no/de.su.ga/

我想要試一試一些不一樣的。

♠ 外(そと)で食事(しょくじ)する方(ほう)が好(す)きです。

so.to.de/syo.ku.ji.su.ru.ho.o.ga/su.ki.de.su/

我比較喜歡去外面用餐。

▶ 有事先訂位

問 予約(よやく)なさいましたか?
o.sa.ki.ni/yo.ya.ku/na.sa.i.ma.shi.ta.ka/
你有訂位嗎?

答 はい。六時(ろくじ)に予約(よやく)しました。
ha.i/ro.ku.ji.ni/yo.ya.ku/shi.ma.shi.ta/
有的,我訂了六點的位子。

你還可以這麼說:

♠ はい。昨日(きのう)、予約(よやく)しました。
ha.i/ki.no.o/yo.ya.ku/shi.ma.shi.ta/
有的,我昨天有訂位。

♠ もう予約(よやく)しました。
mo.o/yo.ya.ku/shi.ma.shi.ta/
我們已經有預約。

♠ 予約番号(よやくばんごう)は756(ななごろく)です。
yo.ya.ku/ba.n.go.o.wa/na.na.go/ro.ku.de.su/
我的預約代號是756.

1 搭飛機
2 旅館住宿
3 飲食
4 速食店點餐
5 購物
6 搭乘交通工具
7 觀光

049

▶報上訂位姓名

問 いらっしゃいませ。

i.ra.s.sya.i.ma.se/

歡迎光臨。

答 予約(よやく)した山野(やまの)です。

yo.ya.ku.shi.ta.ya.ma.no.de.su/

我們已經有預約。我的名字是山野。

你還可以這麼說：

♠ 昨日(きのう)電話(でんわ)で予約(よやく)した中川(なかがわ)です。

ki.no.o/de.n.wa.de/yo.ya.ku.shi.ta/na.ka.ga.wa.de.su/

昨天打電話來預約的中川。

♠ 昼十二時(ひるじゅうにじ)に予約(よやく)した桜田(さくらだ)です。

hi.ru/jyu.u.ni.ji.ni/yo.ya.ku.shi.ta/sa.ku.ra.da.de.su/

預約中午12點的櫻田。

▶ 現場訂位

問 いらっしゃいませ。

i.ra.s.sya.i.ma.se/

歡迎光臨四季餐廳。

答 五人(ごにん)で予約(よやく)したいのですが。

go.ni.n.de/yo.ya.ku/shi.ta.i.no/de.su.ga/

我想訂五個人的位子。

你還可以這麼說：

♠ 二人(ふたり)でお願(ねが)いします。

fu.ta.ri.de/o.ne.ga.i/shi.ma.su/

我要二個人的位子。

♠ 四人(よにん)です。

yo.ni.n.de.su/

我們有四個人。

♠ 全部(ぜんぶ)で三人(さんにん)ですが、まだ一人(ひとり)着(つ)いていません。

ze.n.bu.de/sa.n.ni.n.de.su.ga/ma.da/hi.to.ri/tsu.i.te/i.ma.se.n/

總共三位，還有一位尚未抵達。

MP3 050

▶ 詢問用餐人數

問 何名様(なんめいさま)ですか?

na.n.me.i.sa.ma.de.su.ka/

請問有幾位?

答 四人(よにん)です。

yo.ni.n.de.su/

四個人。

對方還可以這麼說:

♠ 何名様(なんめいさま)でしょうか?

na.n.me.i.sa.ma.de.syo.o.ka/

請問有幾位?

♠ 全部(ぜんぶ)で五名様(ごめいさま)ですか?

ze.n.bu.de/go.me.i.sa.ma/de.su.ka/

總共五位嗎?

♠ 山田(やまだ)さん、全部(ぜんぶ)で三名様(さんめいさま)ですか?

ya.ma.da.sa.n/ze.n.bu.de/sa.n.me.i.sa.ma/de.su.ka/

山田先生共三位是嗎?

▶ 說明用餐人數

問 何名様(なんめいさま)で予約(よやく)なさいますか?

na.n.me.i.sa.ma.de/yo.ya.ku/na.sa.i.ma.su.ka/

您要訂幾人(的位子)?

答 一人(ひとり)でお願(ねが)いします。

hi.to.ri.de/o.ne.ga.i.shi.ma.su/

我一個人。

你還可以這麼說:

♠ 五人(ごにん)です。

go.ni.n.de.su/

五個人。

♠ 私(わたし)たちは四人(よにん)です。

wa.ta.shi.ta.chi.wa/yo.ni.n.de.su/

我們有四個人。

♠ 私(わたし)たちは五人(ごにん)です。

wa.ta.shi.ta.chi.wa/go.ni.n.de.su/

我們有五個人。

♠ 四人(よにん)の席(せき)をお願(ねが)いします。

yo.ni.n.no/se.ki.o/o.ne.ga.i/shi.ma.su/

四個人的位子。

MP3 051

▶ 詢問餐廳是否客滿

問 いらっしゃいませ。

i.ra.s.sya.i.ma.se/

需要我效勞嗎？

答 今空席(いまくうせき)がありますか？

i.ma/ku.u.se.ki.ga/a.ri.ma.su.ka/

現在還有空位嗎？

你還可以這麼說：

♠ 空席(くうせき)がありますか？

ku.u.se.ki.ga/a.ri.ma.su.ka/

有空位給我們嗎？

♠ 窓側(まどがわ)の席(せき)がありますか？

ma.do.ga.wa.no/se.ki.ga/a.ri.ma.su.ka/

有靠窗邊的位子嗎？

♠ どのくらい待(ま)ちますか？

do.no.ku.ra.i/ma.chi.ma.su.ka/

還要等多久才有空位？

▶ 餐廳客滿

問 今(いま)、空席(くうせき)がありますか？

i.ma/ku.u.se.ki.ga/a.ri.ma.su.ka/

現在還有空位嗎？

答 申(もう)し訳(わけ)ありませんが、今晩(こんばん)はもう満席(まんせき)です。

mo.o.shi.wa.ke/a.ri.ma.se.n.ga/ko.n.ba.n.wa/mo.o/ma.n.se.ki.de.su/

很抱歉，今晚位子都滿了。

對方還可以這麼說：

♠ 今晩(こんばん)は満席(まんせき)です。

ko.n.ba.n.wa/ma.n.se.ki.de.su/

今晚都客滿了。

♠ 空(あ)いている席(せき)はないようですが。

a.i.te/i.ru.se.ki.wa/na.i.yo.o/de.su.ga/

恐怕我們所有的位子都坐滿了。

♠ 今晩(こんばん)はもう予約(よやく)できないです。

ko.n.ba.n.wa/mo.o/yo.ya.ku/de.ki.na.i.de.su/

今晚的席位恐怕已訂滿了。

♠ 今(いま)は空席(くうせき)がありますか？

i.ma.wa/ku.u.se.ki.ga/a.ri.ma.su.ka/

現在沒有座位。

MP3 052

▶ 詢問是否願意等空位

問 待(ま)たせられますか?→待(ま)たなければなりませんか?

na.ke.re.ba/na.ri.ma.se.n.ka/ma.ta.na.ke.re.ba./na.ri.ma.se.n.ka/

我們要等多久?

答 席(せき)が空(あ)くまでお待(ま)ちいただけますか?

se.ki.ga.a.ku.ma.de/o.ma.chi/i.ta.da.ke.ma.su.ka/

您介意等到有空位嗎?

對方還可以這麼說:

♠ 四十分(よんじゅっぷん)待(ま)っていただいても宜(よろ)しいでしょうか。

yo.n.jyu.p.pu/ma.t.te/i.ta.da.i.te.mo/yo.ro.shi.i.de.sho.o.ka/

您恐怕要等四十分鐘。可以嗎?

♠ 空席(くうせき)があればお呼(よ)びしますので。

ku.u.se.ki.ga/a.re.ba/o.yo.bi/shi.ma.su.no.de/

有空位時我再叫您。

♠ 三十分(さんじゅっぷん)待(ま)っていただけますか?

sa.n.jyu.p.pu.n/ma.t.te/i.ta.da.ke/ma.su.ka.

您介不介意等三十分鐘?

▶ 分開座位或併桌

問 席(せき)が別々(べつべつ)になりますが、宜(よろ)しいですか。

se.ki.ga/be.tsu.be.tsu.ni/na.ri.ma.su.ga/yo.ro.shi.i/de.su.ka/

您們介不介意分開坐嗎？

答 大丈夫(だいじょうぶ)です。

da.i.jyo.o.bu.de.su/

不會，我不介意。

對方還可以這麼說：

♠ 相席(あいせき)でも宜(よろ)しいですか？

a.i.se.ki.de.mo/yo.ro.shi.i.de.su.ka/

您介不介意和其他人併桌？

♠ 隅(すみ)の席(せき)でも構(かま)いませんか？

su.mi.no.se.ki.de.mo/ka.ma.i.ma.se.n.ka/

您介意坐在角落的位子嗎？

♠ カウンターの席(せき)でも大丈夫(だいじょうぶ)ですか？

ba.a.ni/su.wa.t.te.mo/da.i.jyo.o.bu/dc.su.ka/

請問坐吧台的位子也沒關係嗎？

MP3 053

▶ 等待服務生帶位

問 お席にご案内する人がいますか?

o.se.ki.ni/go.a.n.na.i/su.ru.hi.to.ga/i.ma.su.ka/

先生，有人為您帶位嗎？

答 はい。もう三十分も待っています。

ha.i/mo.o/sa.n.jyu.p.pu.n.mo/ma.t.te.i.ma.su/

是的，我們已經等了卅分鐘了。

你還可以這麼說：

♠ はい。私たちはもう十五分待ちました。

ha.i/wa.ta.shi.ta.chi.wa/mo.o/jyu.u.go.fu.n/ma.chi.ma.shi.ta/

是的，我們已經等了一刻鐘了。

♠ あとどのくらい待たせますか？

a.to.do.no.ku.ra.i/ma.ta.se.ma.su.ka/

大約還要等多久？

♠ 十分後で空き席がありますか？

jyu.p.pn.a.to.dc/a.ki.se.ki.ga/a.ri.ma.su.ka/

十分鐘後會有空位嗎？

▶ 吸煙／非吸煙區

問 どんなエリアが好(す)きですか?

do.n.na/e.ri.a.ga/su.ki.de.su.ka/

您喜歡那個位置?

答 禁煙席(きんえんせき)をお願(ねが)いします。

ki.n.e.n.se.ki.o/o.ne.ga.i/shi.ma.su/

非吸煙區。

你還可以這麼說:

♠ 喫煙席(きつえんせき)をお願(ねが)いします。

ki.tsu.e.n.se.ki.o/o.ne.ga.i/shi.ma.su/

吸煙區，謝謝。

♠ どこでも良(よ)いです。

do.ko.de.mo/yo.i.de.su/

都可以。

♠ 禁煙(きんえ)エリアと窓側(まどがわ)で、ありがとうございます。

ki.n.e.n..e.ri.a.to/ma.do.ga.wa.de/a.ri.ga.to.o/go.za.i.ma.su/

非吸煙區、窗邊，謝謝!

MP3 054

▶ 等待座位安排

問 禁煙(きんえん)エリアでしたら二十分(にじゅっぷん)ほどお待(ま)ちいただくことになりますが。

ki.n.e.n.e.ri.a.de.shi.ta.ra/ni.jyu.p.pu.n.ho.do/o.ma.chi.i.ta.da.ku.ko.to.ni/na.ri.ma.su.ga/

要非吸煙區的話，你們大概要等廿分鐘。

答 大丈夫(だいじょうぶ)です。待(ま)ちます。

da.i.jyo.o.bu.de.su/ma.chi.ma.su/

沒關係，我們可以等。

你還可以這麼說：

♠ 待(ま)ちます。

ma.chi.ma.su/

我們可以等。

♠ じゃ、いいです。

jya/i.i.de.su/

那算了。

♠ 三十分以内(さんじゅっぷんいない)でしたら待(ま)ちます。

sa.n.jyu.p.pu.n.i.na.i/de.shi.ta.ra/ma.chi.ma.su/

三十分鐘內的話我們可以等。

▶ 服務生帶位

問 お席にご案内させていただきます。

o.se.ki.ni/go.a.n.na.i.sa.se.te/i.ta.da.ki.ma.su/

我帶您入座。

答 ありがとうございます。

a.ri.ga.to.o/go.zo.i.ma.su/

謝謝！

對方還可以這麼說：

♠ こちらへ、どうぞ。

ko.chi.ra.e/do.o.zo/

這邊請。

♠ 足元にご注意ください。

a.shi.mo.to.ni/go.cyu.u.i/ku.da.sa.i/

請小心腳步。

♠ お席の準備ができました。

o.se.ki.no.jyu.n.bi.ga/de.ki.ma.shi.ta/

我們現在有給您的空位了。

♠ お待たせいたしました。

o.ma.ta.se/i.ta.shi.ma.shi.ta/

抱歉讓您久等了。

MP3 055

♠ 時間(じかん)がかかりまして申(もう)し訳(わけ)ありません。

ji.ka.n.ga/ka.ka.ri.ma.shi.te/mo.o.shi.wa.ke/a.ri.ma.se.n/

非常抱歉耽擱您的時間。

♠ 階段(かいだん)を上(あ)がってください。

ka.i.da.n.o/a.ga.t.te/ku.da.sa.i/

請上階梯

♠ 一番奥(いちばんおく)の部屋(へや)です。

i.chi.ba.n.o.ku.no/he.ya.de.su/

是在最裡頭的小包廂。

♠ コートをお預(あず)かりします。掛(か)けさせていただきます。

ko.o.to.o/o.a.zu.ka.ri.shi.ma.su/ka.ke.sa.se.te/i.ta.da.ki.ma.su/

請將外套給我，讓我為您掛上。

♠ お客様(きゃくさま)、お席(せき)にどうぞ。後(のち)ほどお料理(りょうり)をご紹介(しょうかい)させていただきます。

o.kya.ku.sa.ma/o.se.ki.ni/do.o.zo/no.chi.ho.do/o.ryo.o.ri.o/go.syo.o.ka.i.sa.se.te/ i.ta.da.ki.ma.su/

客人，請入座，等一下我請人為您介紹餐點。

▶ 服務生帶到位子上

問 こちらの席(せき)はいかがですか?ここからの景色(けしき)はすばらしいです。

ko.chi.ra.no.se.ki.wa/i.ka.ga.de.su.ka/ko.ko.ka.ra.no.ke.shi.ki.wa/su.ba.ra.shi.i.de.su/

先生，這個位子如何？這裡的風景很棒。

答 いいですね。

i.i.de.su.ne/

好的，我們喜歡。

對方還可以這麼說：

♠ こちらの席(せき)はいかがでございますか？

ko.chi.ra.no.se.ki.wa/i.ka.ga.de.go.za.i.ma.su.ka/

您覺得這個位子如何？

♠ お気(き)に召(め)されましたか？

o.ki.ni.me.sa.re.ma.shi.ta.ka/

您喜歡這個位子嗎？

♠ こちらで宜(よろ)しいですか？

ko.chi.ra.de/yo.ro.shi.i.de.su.ka/

這個位子好嗎？

MP3 056

▶ 座位偏好

問 お客様(きゃくさま)、どちらの席(せき)が宜(よろ)しいでしょうか？

o.kya.ku.sa.ma/do.chi.ra.no.se.ki.ga/yo.ro.shi.i.de.syo.o.ka/

小姐，您想坐哪裡？

答 あちらで宜(よろ)しいですか？

a.chi.ra.de/yo.ro.shi.i.de.su.ka/

那裡可以嗎？

你還可以這麼說：

♠ 窓側(まどがわ)の席(せき)をお願(ねが)いします。

ma.do.ga.wa.no/o.ne.ga.i.shi.ma.su/

請給我靠窗的座位。

♠ ドアに近(ちか)くない席(せき)をお願(ねが)いします。

do.a.ni/chi.ka.ku.na.i.se.ki.o/o.ne.ga.i.shi.ma.su/

不要離門口太近。

♠ できれば窓側(まどがわ)の席(せき)をお願(ねが)いします。

de.ki.re.ba/ma.do.ga.wa.no.se.ki.o/o.ne.ga.i.shi.ma.su/

如果有的話，給我靠窗的座位。

♠ 通路(つうろ)に近(ちか)くなければいいです。

tsu.u.ro.ni/chi.ka.ku.na.ke.re.ba/i.i.de.su/

只要不要靠近走道。

♠ トイレから離(はな)れた席(せき)をお願(ねが)いします。

to.i.re.ka.ra/ha.na.re.ta.se.ki.o/o.ne.ga.i.shi.ma.su/

離盥洗室遠一點。

♠ ドアから離(はな)れた所(ところ)をお願(ねが)いします。

do.a.ka.ra/ha.na.re.ta.to.ko.ro.o/o.ne.ga.i.shi.ma.su/

離門口遠一點。

♠ 階段(かいだん)の横(よこ)はちょっと…

ka.i.da.n.no.yo.ko.wa/cyo.t.to/

不要在樓梯旁。

♠ 厨房(ちゅうぼう)から離(はな)れた所(ところ)をお願(ねが)いします。

cyu.u.bo.o.ka.ra/ha.na.re.ta.to.ko.ro.o/o.ne.ga.i.shi.ma.su/

離廚房遠一些。

MP3 057

▶ 指定座位區域

問 どうぞ。

do.o.zo/

請坐。

答 窓側(まどがわ)の席(せき)がいいんですが。

ma.do.ga.wa.no.se.ki.ga/i.i.n.de.su.ga/

但是我們想要靠窗的位子。

你還可以這麼說：

♠ 端の席がいいんですが。
ha.ji.no.se.ki.ga/i.i.n.de.su.ga/
但是我想要靠邊的位子。

♠ この席はちょっと…寒すぎですから。
ko.no.se.ki.wa/cyo.t.to/sa.mu.su.gi.dc.su.ka.ra/
但是我不喜歡這個位子。這裡太冷了。

♠ 隅の席で宜しいですか？
su.mi.no.se.ki.de/yo.ro.shi.i.de.su.ka/
角落的位子可以嗎？

MP3 057

▶ 不喜歡餐廳安排的座位

問 こちらはいかがでしょうか?
ko.chi.ra.wa/i.ka.ga.de.syo.o.ka/
這一區呢？

答 ここはちょっと…
ko.ko.wa/cyo.t.to/
我不喜歡這一區。

你還可以這麼說：

♠ ここはあまり…
ko.ko.wa/a.ma.ri/
我不認為（這個座位好）。

♠ ライトが暗いです。もっと明るい席をお願いします。
ra.i.to.ga/ku.ra.i.de.su/mo.t.to/a.ka.ru.i/se.ki.o/o.ne.ga.i.shi.ma.su/
燈光太暗了，請給我亮一點的位子。

MP3 058

▶ 自行指定座位

問 すみません。この二つの席は大丈夫ですか？
su.mi.ma.se.n/ko.no.fu.ta.tsu.no.se.ki.wa/da.i.jyo.o.bu.de.su.ka/
抱歉，我們可以要這兩個位子嗎？

答 はい。どうぞ。
ha.i/do.o.zo/
當然可以，請坐。

你還可以這麼說：

♠ この席に換わってもいいですか？
ko.no.se.ki.ni/ka.wa.t.te.mo/i.i.de.su.ka/
我可以換坐這個位子嗎？

♠ あの二つの席に座ってもいいですか？
a.no/fu.ta.tsu.no.se.ki.ni/su.wa.t.te.mo/i.i.de.su.ka/
我們可以坐那兩個座位嗎？

♠ 窓側の席に座ってもいいですか？

ma.do.ga.wa.no/su.wa.t.te.mo/i.i.de.su.ka/

我們可以坐窗邊的位子嗎？

MP3 058

▶ 要求安靜的座位

問 静かな席がありますか?

shi.zu.ka.na/se.ki.ga/a.ri.ma.su.ka/

我們能不能要安靜的座位?

答 すぐ別のお席をご用意します。

su.gu.be.tsu.no./o.se.ki.o/go.yo.o.i/shi.ma.su/

我馬上為您安排另一個桌子。

你還可以這麼說：

♠ 静かな席を選べますか？

shi.zu.ka.na.se.ki.o/e.ra.be.ma.su.ka/

我們可以選安靜一點的位子嗎？

♠ 隅の席を選べますか？

su.mi.no.se.ki.o/e.ra.be.ma.su.ka/

我們可以選靠近角落的位子嗎？

♠ 本が読める静かな席がありますか？

ho.n.ga.yo.me.ru/shi.zu.ka.na.se.ki.ga/a.ri.ma.su.ka/

我想要一個可以安靜閱讀的位子嗎？

▶ 無法安排指定座位

問 窓側の席がいいのですが。

ma.do.ga.wa.no.se.ki.ga/i.i.no.de.su.ka/

我們想要靠窗的位子。

答 申し訳ありません。只今、満席でございます。

mo.o.shi.wa.ke/a.ri.ma.se.n/ta.da.i.ma/ma.n.se.ki.de/go.za.i.ma.su/

很抱歉，但是我們沒有其他空位了。

對方還可以這麼說：

♠ こちらは予約席なんです。

ko.chi.ra.wa/yo.ya.ku.se.ki.na.n.de.su/

這個位子已經有預約了。

♠ おそらくそのエリアに空き席がないようです。

o.so.ra.ku/so.no.e.ri.a.ni/a.ki.se.ki.ga/na.i.yo.o.de.su/

那一區恐怕沒有空位了。

♠ 窓側の席は空いていませんので、ほかの席で宜しいですか？

ma.do.ga.wa.no.se.ki.wa/a.i.te.i.ma.se.n.no.de/ho.ka.no.se.ki.de/yo.ro.shi.i.de.su.ka/

靠窗的位子都滿了，其他的位子好嗎？

MP3 059

▶ 接受餐廳安排的座位

問 ほかの席(せき)はございません。

ho.ka.no.se.ki.wa/go.za.i.ma.se.n/

我們沒有其他空位了。

答 そうですか。じゃ、結構(けっこう)です。

so.o.de.su.ka/jya/ke.k.ko.o.de.su/

好吧，算了。

MP3 059

▶ 入座

問 皆様(みなさま)、どうぞ。

mi.na.sa.ma/do.o.zo/

請坐下，各位先生小姐。

答 どうもありがとうございます。

do.o.mo/a.ri.ga.to.o/go.za.i.ma.su/

感謝您。

對方還可以這麼說：

♠ お客様(きゃくさま)、どうぞ。

o.kya.ku.sa.ma/do.o.zo/

客人，請坐。

▶ 入座後提供開水

問 こちらに、どうぞ

ko.chi.ra.ni/do.o.zo/

這邊請。

答 お水（みず）を先（さき）にください。

o.mi.zu.o/sa.ki.ni/ku.da.sa.i/

你能先幫我送一杯水來嗎？

你還可以這麼說：

♠ お水（みず）をください。

o.mi.zu.o/ku.da.sa.i/

我可以要一杯水嗎？

♠ サイダーをください。

sa.i.da.a.o/ku.da.sa.i/

請給我一杯氣泡水。

MP3 060

▶ 服務生隨後來點餐

問 恐（おそ）れ入（い）ります。只今（ただいま）ご注文（ちゅうもん）を伺（うかが）いに参（まい）りますので、少々（しょうしょう）お待（ま）ちくださいませ。

o.so.re.i.ri.ma.su/ta.da.i.ma/go.cyu.u.mo.n.o/u.ka.ga.i.ni/ma.i.ri.ma.su.no.de/syo.o.syo.o/o.ma.chi.ku.da.sa.i.ma.se/

我待會馬上回來為您服務點餐。

答 ありがとうございます。

a.ri.ga.to.o/go.za.i.ma.su/

謝謝你。

對方還可以這麼說：

♠ ごゆっくりどうぞ。後(のち)ほどまた参(まい)ります。

go.yu.k.ku.ri.do.o.zo/no.chi.ho.do/ma.ta.ma.i.ri.ma.su/

慢慢來。我待會再來。

♠ 後(のち)ほどご注文(ちゅうもん)をお伺(うかが)いいたします。

no.chi.ho.do.go.cyu.u.mo.n.o/o.u.ka.ga.i/i.ta.shi.ma.su/

服務生會來為您點菜。

MP3 061

▶ 要求看菜單

問 メニューをください。

me.nyu.u.o/ku.da.sa.i.

請給我看菜單。

答 はい。どうぞ。

ha.i/do.o.zo/

好的，請看。

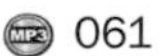

MP3 061

▶ 提供菜單

問 メニューでございます。

me.nyu.u.de/go.za.i.ma.su/

這是你們的菜單。

答 ありがとうございます。

a.ri.ga.to.o/go.za.i.ma.su/

謝謝你。

MP3 061

▶ 打算慢慢看菜單

問 注文(ちゅうもん)が決(き)まったら呼(よ)びます。

cyu.u.mo.n.ga/ki.ma.t.ta.ra/yo.bi.ma.su/

等我們準備好點餐的時候會讓你知道。

答 承知(しょうち)いたしました。

syo.o.chi.i.ta.shi.ma.shi.ta/

了解了。

你還可以這麼說：

♠ 後(あと)で注文(ちゅうもん)します。

a.to.de/cyu.u.mo.n.shi.ma.su/

我們現在還沒有要點餐。

♠ 後(あと)で注文(ちゅうもん)してもいいですか？

a.to.de/cyu.u.mo.n.shi.te.mo/i.i.de.su.ka/

我們可以等一下再點餐嗎？

♠ もうちょっと考(かんが)えるから、あと五分(ごふん)ください。

mo.o.cyo.t.t/ka.n.ga.e.ru.ka.ra/a.to.go.fu.n.ku.da.sa.i/

請再給我們五分鐘，我還要再看一會兒菜單。

MP3 062

▶ 詢問是否要開始點餐

問 ご注文(ちゅうもん)なさいますか？

go.cyu.u.mo.n/na.sa.i.ma.su.ka/

您要點餐了嗎？

答 はい。ツナサンドイッチをください。

ha.i/tsu.na.sa.n.do.i.c.chi.o/ku.da.sa.i/

是的，我要鮪魚三明治。

對方還可以這麼說：

♠ ご注文(ちゅうもん)はお決(き)まりですか？

go.cyu.u.mo.n.wa/o.ki.ma.ri.de.su.ka/

您準備好點餐了嗎？

♠ ご注文(ちゅうもん)をお伺(うかが)いしても宜(よろ)しいですか？

go.cyu.u.mo.n.o/o.u.ka.ga.i.shi.te.mo/yo.ro.shi.i.de.su.ka/

現在可以為您點餐了嗎？

♠ 何(なに)をお召(め)し上(あ)がりになりますか？

na.ni.o/o.me.shi.a.ga.ri.ni/na.ri.ma.su.ka/

想吃什麼餐點呢？

▶ 開始點餐

問 ご注文(ちゅうもん)をお伺(うかが)いしても宜(よろ)しいですか?

go.cyu.u.mo.n.o/o.u.ka.ga.i.shi.te.mo/yo.ro.shi.i.de.su.ka/

準備好現在要點餐了嗎？

答 はい。お願(ねが)いします。

ha.i/o.ne.ga.i.shi.ma.su/

是的，我們準備好了。

你還可以這麼說：

♠ スパゲッティをください。

su.pa.ge.t.ti.o/ku.da.sa.i/

是的，我要點義大利麵。

♠ はい。A(エイ)セットをください。

ha.i/e.i.se.t.to.o/ku.da.sa.i/

是的，我要A餐。

MP3 063

▶ 尚未決定餐點

問 ご注文(ちゅうもん)はお決(き)まりですか?

go.cyu.u.mo.n.wa/o.ki.ma.ri.de.su.ka/

你們準備好點餐了嗎？

答 すみません。まだです。

su.mi.ma.se.n/ma.da.de.su/

對不起，我們還沒有決定。

你還可以這麼說：

♠ まだ決(き)まっていません。

mo.o.su.ko.shi/ka.n.ga.e.sa.se.te.ku.da.sa.i/

我還沒有決定。

♠ もう少(すこ)し考(かんが)えさせてください。

ka.n.ga.e.sa.se.te/i.ta.da.ki.ma.su/

再讓我想想。

♠ まだ何(なに)を食(た)べるか決(き)まっていません。

ma.da.na.ni.o/ta.be.ru.ka/ki.ma.t.te/i.ma.se.n/

還沒決定好吃什麼。

▶ 餐廳的特餐／招牌菜

問 今日(きょう)の特別(とくべつ)メニューはなんでしょうか？

kyo.o.no/to.ku.be.tsu.me.nyu.u.wa/na.n.de.syo.o.ka/

今天的特餐是什麼？

答 フィレステーキです。

fi.re.su.te.e.ki.de.su/

是菲力牛排。

你還可以這麼說：

♠ 今日(きょう)の特別(とくべつ)メニューは何(なん)ですか？

kyo.o.no/to.ku.be.tsu.me.nyu.u.wa/na.n.de.su.ka/

今天餐廳的特餐是什麼？

♠ おすすめメニューは何(なん)ですか？

o.su.su.me.me.nyu.u.wa/na.n.de.su.ka/

招牌菜是什麼？

♠ このおすすめは何(なん)ですか？

ko.no.o.su.su.me.wa/na.n.de.su.ka/

這道招牌菜是什麼？

MP3 064

▶ 請服務生推薦餐點

問 オススメは?

o.su.su.me.wa/

你有什麼好的推薦嗎？

答 イタリアシーフードが一番（いちばん）のオススメです。

i.ta.ri.a/shi.i.fu.u.do.ga/i.chi.ba.n.no/o.su.su.me.de.su/

義大利海鮮食物是最棒的。

你還可以這麼說：

♠ オススメは？

o.su.su.me.wa/

你的建議呢？

♠ オススメの料理（りょうり）は？

o.su.su.me.no/ryo.o.ri.wa/

你的建議呢？

MP3 064

▶ 服務生徵詢推薦餐點

問 おすすめメニューを紹介（しょうかい）させていただいても宜（よろ）しいですか?

o.su.su.me.me.nyu.u.o/syo.o.ka.i.sa.se.te/i.ta.da.i.te.mo/yo.ro.shi.i.de.su.ka/

我能為您推薦一些嗎？

答 お願(ねが)いします。

o.ne.ga.i.shi.ma.su/

當然好。

你還可以這麼說：

♠ どうぞ。

do.o.zo/

請(推薦)。

♠ 宜(よろ)しければお願(ねが)いします。

yo.ro.shi.ke.re.ba/o.ne.ga.i.shi.ma.su/

如果不麻煩的話請推薦。

♠ どの料理(りょうり)が一番(いちばん)のオススメですか？

do.no.ryo.o.ri.ga/i.chi.ba.n.no/o.su.su.me.de.su.ka/

最想推薦什麼樣的料理呢？

MP3 065

▶ 服務生推薦餐點

問 シーフードはいかがでしょうか?

shi.i.fu.u.do.wa/i.ka.ga.de.syo.o.ka/

海鮮如何？

答 シーフード?いいですね。

shi.i.fu.u.do/i.i.de.su.ne/

海鮮？聽起來不錯。

對方還可以這麼說：

♠ スモークサーモンを召し上がってみますか？
su.mo.o.ku.sa.a.mo.n.o/me.shi.a.ga.t.te/mi.ma.su.ka/
您何不試試煙燻鮭魚？

♠ スペシャル→オススメ料理を召し上がってみてください。
su.pe.sya.ru/o.su.su.me.ryo.o.ri.o/me.shi.a.ga.t.te/mi.te/ku.da.sa.i/
您可以試試我們的招牌菜。

♠ Aセットもいいですよ。
e.i.se.t.to.mo/i.i.de.su.yo/
A套餐也很不錯喔！

MP3 065

▶ 對餐點的偏好

問 どのような料理がお好きですか？中国料理ですか？イタリア料理ですか？
do.no.yo.o.na.ryo.o.ri.ga/o.su.ki.de.su.ka/cyu.u.go.ku.ryo.o.ri.de.su.ka/i.ta.ri.a.ryo.o.ri.de.su.ka/
你喜歡哪一種菜餚？中國料理或是義大利料理？

答 イタリア料理だったらどんなのがありますか？
i.ta.ri.a.ryo.o.ri.da.t.ta.ra/do.n.na.no.ga/a.ri.ma.su.ka/
你們義式有那些種類？

你還可以這麼說：

♠ ちょっとよく分かりません。

cyo.t.to/yo.ku/wa.ka.ri.ma.se.n/

我對這些不太清楚。

♠ フランス料理が好きです。

fu.ra.n.su.ryo.o.ri.ga/su.ki.ma.su/

我喜歡法式菜。

♠ 辛い料理が好きです。

ka.ra.i.ryo.o.ri.ga/su.ki.de.su/

我喜歡偏辣的料理。

MP3 066

▶ 點服務生介紹的餐點

問 オススメは海鮮料理です。

o.su.su.me.wa/ka.i.sc.n.ryo.o.ri.dc.su/

你應要試試我們的海鮮。

答 おいしそうですね。これにします。

o.i.shi.so.o.de.su.ne/ko.re.ni/shi.ma.su/

聽起來不錯，我點這一個。

你還可以這麼說：

♠ これを食べてみます。

ko.re.o/ta.be.te/mi.ma.su/

好，我要試這一種。

♠ 私(わたし)はサーロインステーキで、彼女(かのじょ)はスモークサーモンです。

wa.ta.shi.wa/sa.a.ro.i.n/su.te.e.ki.de/ka.no.jyo.wa/su.mo.o.ku/sa.a.mo.n.de.su/

我要點沙朗牛排，小姐要鮭魚。

♠ 今日(きょう)のスペシャルメニューをください。

kyo.o.no/su.pe.sya.ru.me.nyu.u.o/ku.da.sa.i/

請給我今日特餐。

MP3 066

▶ 餐點售完／無供應

問 **サーロインステーキにします。**

sa.a.ro.i.n/su.te.e.ki.ni/shi.ma.su/

我要點沙朗牛排。

答 **申(もう)し訳(わけ)ありません。サーロインステーキは売(う)り切(き)れてしまいました。**

mo.o.shi.wa.ke/a.ri.ma.se.n/sa.a.ro.i.n/su.te.e.ki.wa/u.ri.ki.re.te/shi.ma.i.ma.shi.ta/

很抱歉，沙朗牛排賣完了。

對方還可以這麼說：

♠ これはもう売(う)り切(き)れてしまいました。

ko.re.wa/mo.o/u.ri.ki.re.te/shi.ma.i.ma.shi.ta/

這道菜已經賣完了。

♠ 申し訳ございません。ご希望の料理はございません。

mo.o.shi.wa.ke/go.za.i.ma.se.n/go.ki.bo.o.no.ryo.o.ri.wa/go.za.i.ma.se.n/

很抱歉！我們沒有您說得這道料理。

♠ サーロインステーキは週末だけのご提供です。

sa.a.ro.i.n/su.te.e.ki.wa/syu.u.ma.tsu.da.ke.no/go.te.i.kyo.o.de.su/

沙朗牛排只有在週末供應。

MP3 067

▶ 詢問餐點配方

問 **これはどんな料理ですか**

ko.re.wa/do.n.na/ryo.o.ri.de.su.ka/

這是什麼菜？

答 **こちらはアメリカンシーフードで、レモンジュースと胡椒でマリネにしたものです。**

ko.chi.ra.wa/a.me.ri.ka.n.shi.i.fu.u.do.de/re.mo.n.jyu.u.su.to.ko.syo.o.de/ma.ri.ne.ni.shi.ta.mo.no.de.su/

這是美式海鮮，用檸檬汁和胡椒醃漬。

你還可以這麼說：

♠ どんなレシピですか？

do.n.na/re.shi.pi.de.su.ka/

這是什麼配方？

♠ビーフステーキはありますか？
bi.i.fu.su.te.e.ki.wa/a.ri.ma.su.ka/
你們有供應牛排嗎？

MP3 067

▶ 服務生解釋餐點調配

問 これはどんなレシピですか？
ko.re.wa/do.n.na/re.shi.pi/de.su.ka/
這是什麼配方？

答 ワインで煮込んだ牛肉です。
wa.i.n.de/ni.ko.n.da/gyu.u.ni.ku.de.su/
那是用紅酒燉煮的牛肉。

對方還可以這麼說：

♠豚肉が入っている料理です。
bu.ta.ni.ku.ga/ha.i.t.te.i.ru/ryo.o.ri.de.su/
這道菜有豬肉。

♠この料理は濃い目の味付けになっております。
ko.no.ryo.o.ri.wa/ko.i.me.no/a.ji.tsu.ke.ni/na.t.te.o.ri.ma.su/
這道菜口味很重。

♠トマトと牛肉の料理です。
to.ma.to.to/gyu.u.ni.ku.no/ryo.o.ri.de.su/
是番茄和牛肉的料理。

▶ 餐點食用人數

問 この料理(りょうり)を三(みっ)つお願(ねが)いします。

ko.no.ryo.o.ri.o/mi.t.tsu/o.ne.ga.i.shi.ma.su/

我們要點三份這道餐。

答 この料理(りょうり)は二人(ふたり)でちょうどいい量(りょう)です。

ko.no.ryo.o.ri.wa/fu.ta.ri.de/cyo.o.do/i.i.ryo.o.de.su/

我覺得這道餐點兩個人食用比較適合。

對方還可以這麼說：

♠ この料理(りょうり)は量(りょう)が多(おお)いので、四人(よにん)でちょうどいい量(りょう)です。

ko.no.ryo.o.ri.wa/ryo.o.ga/o.o.i.no.de/yo.ni.n.de/cyo.o.do/i.i.ryo.o.de.su/

這料理的份量比較多，適合四位使用。

♠ ちょっと足(た)りなさそうですが、もう少(すこ)し注文(ちゅうもん)された方(ほう)が宜(よろ)しいと思(おも)います。

cyo.t.to/ta.ri.na.sa.so.o.de.su.ga/mo.o.su.ko.shi/cyu.u.mo.n.sa.re.ta.ho.o.ga/yo.ro.shi.i.to/o.mo.i.ma.su/

似乎有些不夠，再加點一些比較好。

MP3 068

▶ 前菜

問 どんなサラダにしますか?

do.n.na/sa.ra.da.ni/shi.ma.su.ka/

你要什麼沙拉?

答 先(ま)ず、野菜(やさい)サラダにします。

ma.zu/ya.sa.i.sa.ra.da.ni/shi.ma.su/

首先，我要蔬菜沙拉。

你還可以這麼說:

♠ どんなサラダがありますか?

do.n.na.sa.ra.da.ga/a.ri.ma.su.ka/

有什麼樣的沙拉?

♠ 卵(たまご)サラダがありますか?

ta.ma.go.sa.ra.da.ga/a.ri.ma.su.ka/

有雞蛋沙拉嗎?

▶ 介紹沙拉

問 どんなサラダがありますか?

do.n.na/sa.ra.da.ga/a.ri.ma.su.ka/

有什麼樣的沙拉？

答 ミックスサラダ、シーフードサラダとシェフサラダです。

mi.k.ku.su.sa.ra.da/shi.i.fu.u.do.sa.ra.da.to/sye.fu.sa.ra.da.de.su/

我們有綜合沙拉、海鮮沙拉和主廚沙拉。

MP3 069

▶ 前菜醬料

問 ドレッシングは何(なに)にしますか?

do.re.s.shi.n.gu.wa/na.ni.ni/shi.ma.su.ka/

請問您要哪一種沙拉佐料？

答 フレンチドレッシングをください。

fu.re.n.chi.do.re.s.shi.n.gu.o/ku.da.sa.i/

請給我法式醬料。

你還可以這麼說：

♠ サウザンドアイランドドレッシングにします。

sa.u.za.n.do/a.i.ra.n.do/do.re.s.shi.n.gu.ni/shi.ma.su/

我要千島醬。

MP3 069

▶ 點主菜

問 メインディッシュは何(なに)にしますか？

sme.i.n.di.s.syu.wa/na.ni.ni/shi.ma.su.ka/

您的正餐要點什麼？

答 サーロインステーキにします。

sa.a.ro.i.n/su.te.e.ki.ni/shi.ma.su/

我要沙朗牛排。

對方還可以這麼說：

♠ メインディッシュは何(なに)にしますか？

me.i.n.di.s.syu.wa/na.ni.ni/shi.ma.su.ka/

您的正餐要點什麼？

♠ メインディッシュは何(なに)になさいますか？

me.i.n.di.s.syu.wa/na.ni.ni/na.sa.i.ma.su.ka/

主餐您要點什麼？

♠ メインディッシュは牛肉(ぎゅうにく)で宜(よろ)しいですか？

me.i.n.di.s.syu.wa/gyu.u.ni.ku.de/yo.ro.shi.i.de.su.ka/

主食吃牛肉可以嗎？

▶ 服務生詢問第二位點餐者

問 奥様（おくさま）は何（なに）をお召（め）し上（あ）がりになりますか？

o.ku.sa.ma.wa/na.ni.o/o.me.shi.a.ga.ri.ni/na.ri.ma.su.ka/

女士，您要點什麼呢？

答 焼（や）き鳥（とり）を食（た）べてみます。

ya.ki.to.ri.o/ta.be.te/mi.ma.su/

我要試試烤雞。

你還可以這麼說：

♠ 私（わたし）たちはフィレステーキにします。

wa.ta.shi.ta.chi.wa/fi.re/su.te.e.ki.ni/shi.ma.su/

我們兩個都要菲力牛排。

♠ ミックスサラダとサーロインステーキにします。

mi.k.ku.su/sa.ra.da.to/sa.a.ro.i.n/su.te.e.ki.ni/shi.ma.su.

我要一份綜合沙拉和一客沙朗牛排。

♠ A（エイ）セットとシーフードスープにします。

e.i.se.t.to.to/shi.i.fu.u.do/su.u.pu.ni/shi.ma.su/

我要一份A套餐，湯品要海鮮濃湯。

070

▶ 點相同餐點

問 ご注文(ちゅうもん)を伺(うかが)っても宜(よろ)しいでしょうか?

go.cyu.u.mo.n.o/u.ka.ga.t.te.mo/yo.ro.shi.i.de.syo.o.ka/

我可以幫您點餐了嗎?

答 あちらと同(おな)じのをお願(ねが)いします。

a.shi.ra.to/o.na.ji.no.o/o.ne.ga.i.shi.ma.su/

我要點跟他一樣的餐點。

你還可以這麼說:

♠ 二(ふた)つください。

fu.ta.tsu/ku.da.sa.i/

點兩份。

♠ 同(おな)じのをください。

o.na.ji.no.o/ku.da.sa.i/

我也是點相同的餐點。

♠ 同(おな)じ料理(りょうり)をください。

o.na.ji.ryo.o.ri.o/ku.da.sa.i/

我要點一樣的餐。

♠ あれもください。

a.re.mo/ku.da.sa.i/

我也要那個。

♠ この料理を二人前ください。

ko.no.ryo.o.ri.o/ni.ni.n.ma.e/ku.da.sa.i/

這道菜請給我們來兩人份的。

♠ 彼女と私はシーフードスープにします。

ka.no.jyo.to/wa.ta.shi.wa/shi.i.fu.u.do/su.u.pu.ni/shi.ma.su/

她和我都要海鮮濃湯。

♠ あの人と同じ料理をください。

a.no.hi.to.to/o.na.ji/ryo.o.ri.o/ku.da.sa.i/

請給我跟那先生同樣的餐點。

♠ Aテーブルと同じ料理にします。

e.ı.te.e.bu.ru.to/o.na.ji/ryo.o.ri.ni/shi.ma.su/

我要跟A桌點同樣的料理。

MP3 071

▶ 持續點餐

問 追加注文しますか?

tsu.i.ka.cyu.u.mo.n.shi.ma.su.ka/

要加點嗎?

答 ピザをください。

pi.za.o/ku.da.sa.i/

我要披薩。

對方還可以這麼說：

♠ 他(ほか)にございますか？

ho.ka.ni/go.za.i.ma.su.ka/

然後呢？

♠ 他(ほか)には？

ho.ka.ni.wa/

然後呢？

♠ ほかの料理(りょうり)はいかがですか？

ho.ka.no.ryo.o.ri.wa/i.ka.ga.de.su.ka/

還需要其他的餐點嗎？

MP3 072

▶ 不供應特定餐點

問 ニューヨークステーキをください。

nyu.u.yo.o.ku/su.te.e.ki.o/ku.da.sa.i/

我要點紐約牛排。

答 申(もう)し訳(わけ)ありませんが、ニューヨークステーキはございませんが。

mo.o.shi.wa.ke/a.ri.ma.se.n.ga/nyu.u.yo.o.ku/su.te.e.ki.wa/go.za.i.ma.se.n.ga/

很抱歉，但是我們現在沒有紐約牛排。

對方還可以這麼說：

♠ 本日はシェフスペシャルがございません。

ho.n.ji.tsu.wa/sye.fu.su.pe.sya.ru.ga/go.za.i.ma.se.n/

今天我們不供應主廚特餐。

♠ 申し訳ありませんが、シーフードスープはもうございません。他の何が宜しいでしょうか？

mo.o.shi.wa.ke/go.za.i.ma.se.n/ho.ka.ni.na.ni.ga/yo.ro.shi.i.de.syo.o.ka/

很抱歉！海鮮濃湯已經沒有了，請問要改點什麼？

MP3 072

▶ 牛排烹調的熟度

問 ステーキの焼き加減はいかがなさいますか？

su.te.e.ki.no/ya.ki.ka.ge.n.wa/i.ka.ga.na.sa.i.ma.su.ka/

您的牛排要幾分熟？

答 ウェルダンで。

we.ru.da.n.de/

請給我全熟。

你還可以這麼說：

♠ ミディアムで。

mi.di.a.mu.de/

請給我五分熟。

♠ ミディアムレアで。

mi.di.a.mu.re.a.de/

請給我四分熟。

♠ レアで。

re.a.de/

請給我三分熟。

MP3 073

▶ 副餐

問 ステーキの付け合せは何ですか？

su.te.e.ki.no/tsu.ke.a.wa.se.wa/na.n.de.su.ka/

牛排的副菜是什麼？

答 オニオンリングとパスタです。

o.ni.o.n.ri.n.gu.to/pa.su.ta.de.su/

洋蔥圈和麵。

對方還可以這麼說：

♠ こちらの料理は玉子焼きと野菜が付きます。

ko.chi.ra.no.ryo.o.ri.wa/ta.ma.go.ya.ki.to/ya.sa.i.ga/tsu.ki.ma.su/

這道餐有煎蛋和蔬菜。

♠ 色々お選びになれます。

i.ro.i.ro/o.e.ra.bi.ni/na.re.ma.su/

有許多種副餐。

▶ 湯點

問 シーフードスープとビーフスープがございます。

shi.i.fu.u.do.su.u.pu.to/bi.i.fu.su.u.pu.ga/go.za.i.ma.su/

我們有海鮮湯和牛肉湯。

答 シーフードスープを飲（の）みたいのですが。

shi.i.fu.u.do/su.u.pu.o/no.mi.ta.i.no/de.su.ga/

我要試一試海鮮湯。

你還可以這麼說：

♠ オニオンスープをください。

o.ni.o.n.su.u.pu.o/ku.da.sa.i/

我要洋蔥湯。

♠ トマト野菜（やさい）スープにします。

to.ma.to.ya.sa.i/su.u.pu.ni/shi.ma.su/

我要蕃茄蔬菜湯。

♠ ビーフスープにします。

bi.i.fu.su.u.pu.ni/shi.ma.su/

我要牛肉湯。

MP3 074

▶ 詢問麵包種類

問 どのパンにされますか？

do.no.pa.n.ni/sa.re.ma.su.ka/

您要哪一種麵包？

答 どんなパンがありますか？

do.n.na/pa.n.ga/a.ri.ma.su.ka/

你們有哪些？

你還可以這麼說：

♠ どんなのがありますか？

do.n.na.no.ga/a.ri.ma.su.ka/

你們有供應哪些？

♠ 雑穀（ざっこく）パンがありますか？

za.k.ko.ku/pa.n.ga/a.ri.ma.su.ka/

你們有五穀麵包嗎？

♠ 食（しょく）パンがありますか？

syo.ku.pa.n.ga/a.ri.ma.su.ka/

有供應吐司麵包嗎？

▶ 甜點介紹

問 どんな味がお好きですか?胡桃やバニラですか?

do.n.na.a.ji.ga/o.su.ki.de.su.ka/ku.ru.mi.ya/ba.ni.ra.de.su.ka/

您喜歡哪一種口味的，核桃還是香草？

答 バニラが大好きです。

ba.ni.ra.ga/da.i.su.ki.de.su/

香草是我最喜歡的。

你還可以這麼說：

♠ マンゴ味は最高です。

ma.n.go.a.ji.wa/sa.i.ko.o.de.su/

芒果口味是最棒的。

♠ イチゴ味が好きです。

i.chi.go.a.ji.ga/su.ki.de.su/

我喜歡草莓口味的。

MP3 075

▶ 要求再提供甜點

問 パンをもっとくださいませんか?

pa.n.o/mo.t.to/ku.da.sa.i.ma.se.n.ka/

你能再給我們一些麵包嗎？

答 はい。すぐ持って参ります。

ha.i/su.gu.mo.t.te/ma.i.ri.ma.su/

好的，我馬上回來。

你還可以這麼說：

♠ 私にも少しください。

wa.ta.shi.ni.mo/su.ko.shi/ku.da.sa.i/

我也要一些。

♠ サンドイッチをもう一つください。

sa.n.do.i.c.chi.o/mo.o/hi.to.tsu/ku.da.sa.i/

請再給我另一份三明治。

MP3 075

▶ 詢問甜點種類

問 デザートは何が宜しいですか？

de.za.a.to.wa/na.ni.ga/yo.ro.shi.i.de.su.ka/

點心呢？

答 プリンにします。

pu.ri.n.ni/shi.ma.su/

我要布丁。

對方還可以這麼說：

♠ お食事の後のデザートは何にされますか？

o.syo.ku.ji.no.a.to.no/de.za.a.to.wa/na.ni.ni/sa.re.ma.su.ka/

正餐後，你要什麼甜點？

♠ 冷(つめ)たいのと暖(あたた)かいのがございますが、どちらがいいですか？
tsu.me.ta.i.no.to/a.ta.ta.ka.i.no.ga/go.za.i.ma.su.ga/do.chi.ra.ga/i.i.de.su.ka/
甜點有冰品與熱品，請問您要哪一種？

MP3 076

▶ 點甜點

問 お食事(しょくじ)の後(あと)のデザートは何(なに)にされますか？
o.syo.ku.ji.no.a.to.no/de.za.a.to.wa/na.ni.ni/sa.re.ma.su.ka/
正餐後，你要什麼甜點？

答 クッキーをください。
ku.k.ki.i.o/ku.da.sa.i/
我要一些餅乾。

你還可以這麼說：

♠ アイスクリームをください。
a.i.su.ku.ri.i.mu.o/ku.da.sa.i/
我要點冰淇淋。

♠ チョコレートケーキをください。
cyo.ko.re.e.to/ke.e.ki.o/ku.da.sa.i/
我要吃巧克力蛋糕。

♠ チーズケーキをください。
chi.i.zu/ke.e.ki.o/ku.da.sa.i/
我要點起司蛋糕。

MP3 076

▶ 詢問是否要點飲料

問 飲み物はいかがですか？

no.mi.mo.no.wa/i.ka.ga.de.su.ka/

要不要來點飲料？

答 冷たいのが飲みたいです。

tsu.me.ta.i.no.ga/no.mi.ta.i.de.su/

我想要喝點冷飲。

對方還可以這麼說：

♠ お飲み物は？

o.no.mi.mo.no.wa/

飲料呢？

♠ お茶とコーヒーとどちらが宜しいですか？

o.cya.to.ko.o.hi.i.to/do.chi.ra.ga/yo.ro.shi.i.de.su.ka/

您要茶還是咖啡？

♠ お食事と一緒にお酒はいかがでしょうか？

o.syo.ku.ji.to.i.s.syo.ni/o.sa.ke.wa/i.ka.ga.de.syo.o.ka/

您想不想叫點酒配食物？

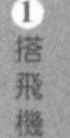

▶ 點酒類飲料

問 どんなお酒（さけ）がいいですか?

do.n.na/o.sa.ke.ga/i.i.de.su.ka/

您要喝什麼酒？

答 ブランデーを注文（ちゅうもん）します。

bu.ra.n.de.e.o/cyu.u.mo.n/shi.ma.su/

我要白蘭地酒。

你還可以這麼說：

♠ ブランデーをください。

bu.ra.n.de.e.o/ku.da.sa/

請給我白蘭地。

♠ ビールでいいです。

bi.i.ru.de/i.i.de.su/

啤酒就好。

♠ ワインにします。

wa.i.n.ni/shi.ma.su/

我要紅酒。

MP3 077

▶ 請服務生推薦飲料

問 飲(の)み物(もの)は何(なに)がオススメですか?

no.mi.mo.no.wa/na.ni.ga/o.su.su.me/de.su.ka/

你對飲料的推薦是什麼?

答 ブランデーとビールがあります。

bu.ra.n.de.e.to/bi.i.ru.ga/a.ri.ma.su/

我們有白蘭地和啤酒。

你還可以這麼說:

♠ 二千年物(にせんねんもの)のワインがあります。

ni.se.n.ne.n.mo.no.no/wa.i.n.ga/a.ri.ma.su/

我們有兩千年出產的紅酒。

♠ 桃(もも)カルピスは女性(じょせい)に大人気(だいにんき)です。

mo.mo.ka.ru.pi.su.wa/jyo.se.i.ni/da.i.ni.n.ki.de.su/

水蜜桃可爾必思很受女性顧客歡迎。

MP3 078

▶ 點飲料

問 ローズティーはいかがですか?これは大人気(だいにんき)なんです。

ro.o.zu.ti.i.wa/i.ka.ga.de.su.ka/ko.re.wa/da.i.ni.n.ki.na.n.de.su/

喝杯玫瑰茶怎麼樣?這個很受歡迎。

答 美味(おい)しそうですね。これにします。

o.i.shi.so.o/de.su.ne/ko.re.ni/shi.ma.su/

聽起來很棒。我就點這個。

你還可以這麼說：

♠ いいですね。これにします。

i.i.de.su.ne/ko.re.ni/shi.ma.su/

很有趣。我點這一種。

♠ コーヒーを。

ko.o.hi.i.o/

就點咖啡。

♠ コーラをください。

ko.o.ra.o/ku.da.sa.i/

請給我可樂。

MP3 078

▶ 要求再提供飲料

問 お酒(さけ)をもっといただけますか?

o.sa.ke.o/mo.t.to/i.ta.da.ke/ma.su.ka/

我能再多要一些酒嗎？

答 はい。すぐお持(も)ち致(いた)します。

ha.i/su.gu.o.ma.chi/i.ta.shi.ma.su/

是的，我馬上回來。

對方還可以這麼說：

♠今(いま)ですか？後(あと)でですか？

i.ma.de.su.ka/a.to.de.de.su.ka/

現在要還是待會要？

♠ほかのお酒(さけ)が欲(ほ)しいですか？

ho.ka.no/o.sa.ke.ga/ho.shi.i.de.su.ka/

還需要其他的酒類嗎？

♠お酒(さけ)に氷(こおり)を入(い)れますか？

o.sa.ke.ni/ko.o.ri.o/i.re.ma.su.ka/

酒中要加冰塊嗎？

MP3 079

▶ 詢問是否完成點餐

問 私(わたし)たちはサーロインステーキにします。

wa.ta.shi.ta.chi.wa/sa.a.ro.i.n/su.te.e.ki.ni/shi.ma.su/

我們兩個都要沙朗牛排。

答 サーロインステーキを二人前(ににんまえ)で宜(よろ)しいですか？

sa.a.ro.i.n/su.te.e.ki.o/ni.ni.n.ma.e.de/yo.ro.shi.i.de.su.ka/

兩份沙朗牛排。就這樣嗎？

對方還可以這麼說：

♠これらで宜(よろ)しいですか？

ko.re.ra.de/yo.ro.shi.i.de.su.ka/

您點的就這些嗎？

♠ほかのお料理[りょうり]はいかがですか？
ho.ka.no.o.ryo.o.ri.wa/i.ka.ga.de.su.ka/
還有沒有要其他餐點？

MP3 079

▶ 是否要點其他餐點

問 他[ほか]に何[なに]かご用意[ようい]いたしますか?
ho.ka.ni.na.ni.ka/go.yo.o.i/i.ta.shi.ma.su.ka/
您還要點什麼嗎？

答 これでいいです。
ko.re.de/i.i.de.su/
我想這就夠了。

對方還可以這麼說：

♠他[ほか]に何[なに]かご注文[ちゅうもん]しますか？
ho.ka.ni.na.ni.ka/go.cyu.u.mo.n/shi.ma.su.ka/
還有沒有要其他餐點？

♠これで宜[よろ]しいですか？
ko.re.de/yo.ro.shi.i.de.su.ka/
就這樣？

♠ほかには何[なに]かいかがですか？
ho.ka.ni.wa/na.ni.ka/i.ka.ga.de.su.ka/
還要不要別的？

MP3 080

▶ 提供咖啡的時間

問 いつコーヒーをお持（も）ちしますか？

i.tsu/ko.o.hi.i.o/o.mo.chi/shi.ma.su.ka/

您什麼時候要上咖啡？

答 後（あと）でいいです。

a.to.de/i.i.de.su/

請稍後再上。

你還可以這麼說：

♠ 今（いま）すぐお願（ねが）いします。

i.ma.su.gu/o.ne.ga.i/shi.ma.su/

現在就給我。

♠ 私（わたし）のは今（いま）で、彼女（かのじょ）のは食後（しょくご）にします。

wa.ta.shi.no.wa/i.ma.de/ka.no.jyo.no.wa/syo.ku.go.ni/shi.ma.su/

我的現在上，她的用完餐後上。

♠ デザートと一緒（いっしょ）にください。

de.za.a.to.to/i.s.syo.ni/ku.da.sa.i/

請和甜點一起上。

▶ 確認已點完餐點

問 これでいいですか?

ko.re.de/i.i.de.su.ka/

就這樣嗎？

答 はい。これでいいです。

ha.i/ko.re.de/i.i.de.su/

就這樣了。

你還可以這麼說：

♠ これでいいです。ありがとうございます。

ko.re.de/i.i.de.su/a.ri.ga.to.o/go.za.i.ma.su/

就這樣，謝謝。

♠ はい。足(た)ります。

ha.i/ta.ri.ma.su/

是的，已經很足夠了。

♠ 欲(ほ)しければ後(あと)で追加注文(ついかちゅうもん)します。

ho.shi.ke.re.ba/a.to.de/tsu.i.ka.cyu.u.mo.n/shi.ma.su/

若有需要別的，之後再加點。

MP3 081

▶ 服務生完成餐點

問 はい。ご注文(ちゅうもん)のお料理(りょうり)はすぐ出(で)てきますので。

ha.i/go.cyu.u.mo.n.no.o.ryo.o.ri.wa/su.gu/de.te.ki.ma.su.no.de/

好的，餐點會盡快為您送上。

答 ありがとうございます。

a.ri.ga.to.o/go.za.i.ma.su/

謝謝！

對方還可以這麼說：

♠ 十分(じゅっぷん)お待(ま)ちください。今(いま)、すぐご用意(ようい)いたします。

jyu.p.pn.n/o.ma.chi/ku.da.sa.i/i.ma/su.gu.go.yo.o.i/i.ta.shi.ma.su/

請稍候十分鐘，我們現在馬上為您準備餐點。

♠ 十分以内(じゅっぷんいない)にお出(だ)しします。

jyu.p.pn.n.i.na.i.ni/o.da.shi.shi.ma.su/

我們會在十分鐘內為您送上餐點。

▶ 催促盡快上菜

問 私(わたし)たちの料理(りょうり)をちょっと急(いそ)いでください。

wa.ta.shi.ta.chi.no/ryo.o.ri.o/cyo.t.to/i.so.i.de/ku.da.sa.i/

你能不能盡快為我們上菜？

答 かしこまりました。

ka.shi.ko.ma.ri.ma.shi.ta/

沒問題。

你還可以這麼說：

♠ 急(いそ)いでくださいませんか？

i.so.i.de/a.ga.t.te/ku.da.sa.i.ma.se.n.ka/

你能不能快一點為我們上菜？

♠ 四十分前(よんじゅっぷんまえ)に注文(ちゅうもん)したのに、今(いま)まだ来(き)ていません。

yo.n.jyu.p.pu.n.ma.e.ni/cyu.u.mo.n.shi.ta.no.ni/i.ma.ma.da/ki.te.i.ma.se.n/

我四十分鐘前點的菜，到現在還沒有來。

♠ どうして私(わたし)のステーキはこんなに時間(じかん)がかかりますか？

do.o.shi.te/wa.ta.shi.no/su.te.e.ki.wa/ko.n.na.ni/ji.ka.n.ga./ka.ka.ri.ma.su.ka/

為什麼我的牛排要這麼久？

MP3 082

▶ 請同桌者遞調味料

問 すみません。お塩(しお)をお願(ねが)いします。

su.mi.ma.se.n./o.shi.o.o/o.ne.ga.i/shi.ma.su/

對不起，請遞給我鹽。

答 はい。こちらです。

ha.i/ko.chi.ra.de.su/

當然好，給你。

你還可以這麼說：

♠ケチャップをください。

ke.cya.p.pu.o/ku.da.sa.i/

請給我番茄醬。

♠すみません。胡椒(こしょう)をください。

su.mi.ma.se.n/ko.syo.o.o/ku.da.sa.i/

對不起，請給我胡椒。

MP3 082

▶ 服務生詢問是否可以上菜

問 料理(りょうり)をお持(も)ちしても宜(よろ)しいですか?

ryo.o.ri.o/o.mo.chi.shi.te.mo/yo.ro.shi.i.de.su.ka/

現在可以上您的餐點嗎？

答 はい。どうぞ。

ha.i/do.o.zo/

好的，請便。

你還可以這麼說：

♠ スープをお持ちしても宜しいですか？
su.u.pu.o/o.mo.chi.shi.te.mo/yo.ro.shi.i.de.su.ka/
現在可以上湯嗎？

♠ 今、コーヒーを召し上がりますか？
i.ma/ko.o.hi.i.o/me.shi.a.ga.ri/ma.su.ka/
現在可以上咖啡嗎？

♠ 今、お料理をお持ちしても宜しいですか？
i.ma/o.ryo.o.ri.o/o.mo.chi.shi.te.mo/yo.ro.shi.i.de.su.ka/
我現在可以幫您上菜了嗎？

MP3 083

▶ 上菜

問 熱いですからお気をつけください。
a.tsu.i.de.su.ka.ra/o.ki.o/tsu.ke/ku.da.sa.i/
這道菜很燙，請小心。

答 ありがとうございます。
a.ri.ga.to.o/go.za.i.ma.su/
謝謝。

對方還可以這麼說：

♠ 美味しく召し上がってください。
o.i.shi.ku/me.shi.a.ga.t.te/ku.da.sa.i/
請好好享用。

♠この料理は熱いうちに召し上がってください。
ko.no.ryo.o.ri.wa/a.tsu.i.u.chi.ni/me.shi.a.ga.t.te/ku.da.sa.i/
這道餐點最好趁熱吃。

♠このソースをつけて召し上がってください。
ko.no.so.o.su.o/tsu.ke.te/me.shi.a.ga.t.te/ku.da.sa.i/
請沾這個醬料食用。

MP3 083

▶服務生上菜時確認點餐者

問 カレーライスをご注文なさいましたね。
ka.re.e.ra.i.su.o/go.cyu.u.mo.n/na.sa.i.ma.shi.ta.ne/
您點咖哩飯，對吧？

答 いいえ。彼女が注文しました。
i.i.e/ka.no.jyo.ga/cyu.u.mo.n.shi.ma.shi.ta/
不是。那是她點的。

對方還可以這麼說：

♠これをご注文なさいましたか？
ko.re.o/go.cyu.u.mo.n/na.sa.i.ma.shi.ta.ka/
這是您點的嗎？

♠サーロインステーキをお持ちしました。
sa.a.ro.i.n/su.te.e.ki.o/o.mo.chi.shi.ma.shi.ta/
先生，您的沙朗牛排要上菜了。

♠お客様(きゃくさま)、これはシーフードスープです。
o.kya.ku.sa.ma/ko.re.wa/shi.i.fu.u.do/su.u.pu.de.su/
先生，這是您的海鮮濃湯。

MP3 084

▶ 上菜時說明自己的餐點

問 どなたがオニオンリングをご注文(ちゅうもん)なさいましたか?
do.na.ta.ga/o.ni.o.n.ri.n.gu.o/go.cyu.u.mo.n/na.sa.i.ma.shi.ta.ka/
誰點洋蔥圈？

答 私(わたし)たちがしました。一緒(いっしょ)に食(た)べますので。
wa.ta.shi.ta.chi.ga/shi.ma.shi.ta/i.s.syo.ni/ta.be.ma.su.no.de/
是我們（點）的。我們要一起吃。

對方還可以這麼說：

♠あなたのサラダですか？
a.na.ta.no/sa.ra.da.de.su.ka/
小姐，這是您的沙拉嗎？

♠オムライスはこちらに置(お)きますか？
o.mu.ra.i.su.wa/ko.chi.ra.ni/o.ki.ma.su.ka/
請問蛋包飯放在這裡好嗎？

MP3 084

▶ 自行分配點餐

問 誰(だれ)がご注文(ちゅうもん)なさいましたか?

da.re.ga/go.cyu.u.mo.n/na.sa.i.shi.ta.ka/

誰點的餐？

答 どうしてテーブルに置(お)きませんか?

do.o.shi.te/te.e.bu.ru.ni/o.ki.ma.se.n.ka/

你要不要就放在桌上就好？

你還可以這麼說：

♠ 私(わたし)たちがやりますので。

wa.ta.shi.ta.chi.ga/ya.ri.ma.su.no.de/

我們自己會處理。

♠ 全部(ぜんぶ)テーブルに置(お)いていいです。

ze.n.bu/te.e.bu.ru..ni/o.i.te/i.i.de.su/

全部放在桌上就可以了。

▶ 送錯餐點

問 私が注文したものではありません。

wa.ta.shi.ga/cyu.u.mo.n/.shi.ta.mo.no.de.wa/a.ri.ma.se.n/

這不是我點的餐點。

答 申し訳ありません。すぐご注文をご確認いたします。

mo.shi.wa.ke/a.ri.ma.se.n/su.gu/go.cyu.u.mo.n.o/go.ka.ku.ni.n/i.ta.shi.ma.su/

抱歉，先生。我馬上查您的餐點。

對方還可以這麼說：

♠申し訳ありませんが、何をご注文しましたか？

mo.shi.wa.ke/a.ri.ma.se.n.ga/na.ni.o/go.cyu.u.mo.n/shi.ma.shi.ta.ka/

真對不起，您點的是什麼？

♠申し訳ありません。間違えてしまいました。

mo.shi.wa.ke/a.ri.ma.se.n/ma.chi.ga.e.te/shi.ma.i.ma.shi.ta/

抱歉弄錯了。

♠シェフにご注文をご確認いたします。

sye.fu.ni/go.cyu.u.mo.n.o/go.ka.ku.ni.n/i.ta.shi.ma.su/

我會和主廚核對您點的菜。

♠申し訳ありません。ステーキをシェフに戻します。

mo.shi.wa.ke/a.ri.ma.se.n/su.te.e.ki.o/sye.fu.ni/mo.do.shi.ma.su/

非常抱歉，先生，我會把牛排退回給主廚。

♠申し訳ありませんが、これはAテーブルの料理です。

mo.o.shi.wa.ke/a.ri.ma.se.n.ga/ko.re.wa/e.i.te.e.b.ru.no/ryo.o.ri.de.su/

非常抱歉，這是A桌的餐點。

♠申し訳ありません。すぐ正しいお料理をお出しします。

mo.o.shi.wa.ke/a.ri.ma.se.n/su.gu/ta.da.shi.i.o.ryo.o.ri.o/o.da.shi.shi.ma.su/

非常抱歉，馬上為您上正確的餐點。

MP3 086

▶ 少送餐點

問 まだ一品きていません?

ma.da/i.p.pi.n/ki.te/i.ma.se.n/

是不是少送一道餐點？

答 ご注文を確認します。

go.cyu.u.mo.n.o/ka.ku.ni.n/shi.ma.su/

讓我查一查您的菜單。

你還可以這麼說：

♠あと一品は来なさそうです。

a.to/i.p.pi.n.wa/ko.na.sa.so.o/de.su/

恐怕有一道餐點沒來。

♠オリオンリングは？

o.ri.o.n/ri.n.gu.wa/

我的洋蔥圈呢？

♠スープはお一つ足りないようです。

su.u.pu.wa/o.hi.to.tsu/ta.ri.na.i.yo.o.de.su/

好像少了一碗湯。

▶ 主餐醬料

問 どんなソースを渡しますか？

do.n.na/so.o.su.o/wa.ta.shi/ma.su.ka/

您要哪一種醬料？

答 黒胡椒をください。

ku.ro.ko.syo.o.o/ku.da.sa.i/

請給我黑胡椒。

你還可以這麼說：

♠二つのステーキソースをください。

fu.ta.tsu.no/su.te.e.ki/so.o.su.o/ku.da.sa.i/

兩種牛排醬料我都要。

MP3 086

▶ 侍者斟酒時

問 これでいいと教(おし)えてください。

ko.re.de/i.i.to/o.shi.e.te/ku.da.sa.i/

請說夠了。

答 これらで。

ko.re.ra.de/

夠了。

MP3 087

▶ 喝濃／淡茶

問 お茶(ちゃ)は濃(こ)いのと薄(うす)いのとどちらになさいますか?

o.cya.wa/ko.i.no.to/u.su.i.no.to/do.chi.ra.ni/na.sa.i.ma.su.ka/

你喝濃茶還是淡茶呢？

答 濃(こ)いのをください。

ko.i.no.o/ku.da.sa.i/

請給我濃的。

你還可以這麼說：

♠ お茶(ちゃ)に砂糖(さとう)を入(い)れるのが好(す)きです。

o.cya.ni/sa.to.o.o/i.re.ru.no.ga/su.ki.de.su/

我喝茶喜歡放糖。

▶ 加奶精

問 お茶にミルクを入れますか？

o.cya.ni/mi.ru.ku.o/i.re.ma.su.ka/

你喝茶要不要加牛奶？

答 いいえ。お茶を飲むときミルクを入れません。

i.i.e/o.cya.o/no.mu.to.ki/mi.ru.ku.o/i.re.ma.se.n/

不用，我喝茶不加牛奶。

MP3 087

▶ 加糖／不加糖

問 角砂糖をいくつ入れますか？

ka.ku.za.to.o.o/i.ku.tsu/i.re.ma.su.ka/

要幾塊糖？

答 二つ入れてください。

fu.ta.tsu/i.re.te/ku.da.sa.i/

請給我兩塊。

你還可以這麼說：

♠ コーヒーを飲む時に砂糖を入れません。

ko.o.hi.i.o/no.mu.to.ki.ni/sa.to.o.o/i.re.ma.se.n/

我喝咖啡不加糖。

♠ 私(わたし)のコーヒーにシュガーを入(い)れて、ミルクは入(い)れないで。

wa.ta.shi.no/ko.o.hi.i.ni/syu.ga.a.o/i.re.te/mi.ru.ku.wa/i.re.na.i.de/

我的咖啡加糖不加奶精。

♠ ブラックコーヒーをください。

bu.ra.k.ku.ko.o.hi.i.o/ku.da.sa.i/

請給我黑咖啡。

MP3 088

▶ 咖啡續杯

問 もう一杯(いっぱい)いただけませんか？

mo.o/i.p.pa.i/i.ta.da.ke/ma.se.n.ka/

可以再給我一杯嗎？

答 はい。いいですよ。

ha.i/i.i.de.su.yo/

當然可以。

你還可以這麼說：

♠ もう一杯(いっぱい)いただけますか？

mo.o/i.p.pa.i/i.ta.da.ke/ma.su.ka/

我可以續杯嗎？

♠ すみません。コーヒーをもっといただけますか？

su.mi.ma.se.n/ko.o.hi.i.o/mo.t.to/i.ta.da.ke/ma.su.ka/

抱歉，我能多要一些咖啡嗎？

▶ 服務生詢問是否需要協助

問 何をお持ちしますか?

na.ni.o/o.mo.chi/shi.ma.su.ka/

需要我幫你們拿些其他東西嗎？

答 ちょっと、私たちにナプキンをいただけますか?

cyo.t.to/wa.ta.shi.ta.chi.ni/na.pu.ki.n.o/i.ta.da.ke/ma.su.ka/

嗯，你可以給我們一些紙巾嗎？

對方還可以這麼說：

♠ 何か他にご入り用ですか？

na.ni.ka.ho.ka.ni/go.i.ri.yo.o.de.su.ka/

還需要其他東西嗎？

089

▶ 呼叫服務生

問 すみません。

su.mi.ma.se.n/

抱歉。

答 はい。何でしょうか?

ha.i/na.n.de.syo.o.ka/

是的，需要我的協助嗎？

你還可以這麼說：

♠すみません。

su.mi.ma.se.n/

男/女服務生。

MP3 089

▶ 要求提供醬料

問 ケチャップはありませんか?これは空(から)です。

ke.cya.p.pu.wa/a.ri.ma.se.n.ka/ko.re.wa/ka.ra.de.su/

你們有蕃茄醬嗎？這一瓶的是空的。

答 はい。あります。すぐ持(も)ってまいります。

ha.i/a.ri.ma.su/su.gu/mo.t.te/ma.i.ri.ma.su/

有的，我們有。我馬上拿過來。

MP3 089

▶ 請服務生提供新餐具

問 フォークを落(お)としました。新(あたら)しいのをいただけますか?

fo.o.ku.o/o.to.shi/ma.shi.ta/a.ta.ra.shi.i.no.o/i.ta.da.ke/ma.su.ka/

我的叉子掉到地上了，我能要一支新的嗎？

答 新しいのと交換します。

a.ta.ra.shi.i.no.to/ko.o.ka.n/shi.ma.su/

我會幫您換支新的。

你還可以這麼說：

♠ このスプーンは汚れていますが。

ko.no/su.bu.u.n.wa/yo.go.re.te/i.ma.su.ga/

這支湯匙有一點髒。

♠ 私のスプーンが落ちました。

wa.ta.shi.no/su.bu.u.n.ga/o.chi/ma.shi.ta/

我的湯匙掉在地上。

♠ このガラスのコップは欠けています。

ko.no.ga.ra.su.no.ko.p.pu.wa/ka.ke.te.i.ma.su/

這個玻璃杯有裂痕。

♠ 私のお皿は欠けています。

wa.ta.shi.no/o.sa.ra.wa/ka.ke.te/i.ma.su/

我的盤子有缺口。

MP3 090

▶ 整理桌面

問 テーブルを片付けていただけますか？

te.e.pu.ru.o/ka.ta.dsu.ke.te/i.ta.da.ke/ma.su.ka/

你可以為我們整理一下桌子嗎？

答 はい。

ha.i/

好的。

對方還可以這麼說：

♠ 少々(しょうしょう)お待(ま)ちください。

syo.o.syo.o/o.ma.chi/ku.da.sa.i/

您可以稍等一下嗎？

♠ はい。すぐ参(まい)ります。

ha.i/su.gu/ma.i.ri.ma.su/

好的。我馬上回來。

MP3 090

▶ 詢問是否繼續用餐

問 食事(しょくじ)は終(お)わりましたか？

syo.ku.ji.wa/o.wa.ri/ma.shi.ta.ka/

您用完餐還是要繼續用？

答 終(お)わりました。

o.wa.ri.ma.shi.ta/

我們用完了。

對方還可以這麼說：

♠ 終(お)わりましたか？

o.wa.ri.ma.shi.ta.ka/

先生，您用完餐了嗎？

◆ 他に何か？
ho.ka.ni.na.ni.ka/
還需要些什麼嗎？

◆ ホットティーをもう一杯いかがですか？
ho.t.to.ti.i.o/mo.o.i.p.pa.i/i.ka.ga.de.su.ka/
需要再來一杯熱茶嗎？

MP3 091

▶ 尚在用餐

問 テーブルを片付けますか？
te.e.bu.ru.o/ka.ta.dsu.ke.ma.su.ka/
需要我幫您清理桌面嗎？

答 それを残してください。
so.re.o/no.ko.shi.te/ku.da.sa.i/
那個留下來。

你還可以這麼說：

◆ まだ食べています。
ma.da/ta.be.te/i.ma.su/
我還在用。

◆ まだ終わっていません。
ma.da/o.wa.t.te/i.ma.se.n/
還沒用完餐

♠ちょっと後(あと)で片付(かたづ)けてください。

cyo.t.to.a.to.de/ka.ta.dsu.ke.te/ku.da.sa.i/

可以待會兒再整理桌面。

MP3 091

▶ 取走餐盤

問 すみません。お皿(さら)を持(も)っていっても宜(よろ)しいですか?

su.mi.ma.se.n/o.sa.ra.o/mo.t.te/i.t.te.mo/yo.ro.shi.i/de.su.ka/

抱歉，我可以收走您的盤子了嗎？

答 はい。ありがとうございます。

ha.i/a.ri.ga.to.o/go.za.i.ma.su/

麻煩您，謝謝。

你還可以這麼說：

♠はい。どうぞ。

ha.i/do.o.zo/

好的，請便。

♠大(おお)きいのを持(も)って行(い)って、小(ちい)さいのを残(のこ)してください。

o.o.ki.i.no.o/mo.t.te/i.t.te/chi.i.sa.i.no.o/no.ko.shi.te/ku.da.sa.i/

請將大的拿走，小的留下。

▶ 指引方向

問 トイレはどこか教(おし)えてもらえませんか？

to.i.re.wa/do.ko.ka/o.shi.e.te/mo.ra.e.ma.se.n.ka/

你能告訴我女士盥洗室在哪裡嗎？

答 こちらへ、どうぞ。

ko.chi.ra.he/do.o.zo/

請這裡走。

對方還可以這麼說：

♠ 廊下(ろうか)に沿(そ)ってまっすぐに行(い)って、つきあたりを右(みぎ)に曲(ま)がってください。

ro.o.ka.ni/so.t.te/ma.s.su.gu.ni/i.t.te/tsu.ki.a.ta.ri.o/mi.gi.ni/ma.ga.t.te/ku.da.sa.i/

沿著走廊直走，到盡頭右轉。

♠ あそこです。

a.so.ko.de.su/

就在那個方向。

MP3 092

▶ 向服務生尋求協助

問 灰皿（はいざら）がテーブルにありません。

ha.i.za.ra.ga/te.e.bu.ru.ni/a.ri.ma.se.n/

桌上沒有煙灰缸！

答 はい。

ha.i.

好的，先生。

你還可以這麼說：

♠ ナプキンをもっといただけますか？

na.pu.ki.n.o/mo.t.to/i.ta.da.ke/ma.su.ka/

能給我多一點紙巾嗎？

♠ ケチャップ/マスタード/胡椒（こしょう）/を持（も）って来（き）てください。

ke.cya.p.pu/ma.su.ta.a.do/ko.syo.o.o/mo.t.te.ki.te/ku.da.sa.i.

請拿蕃茄醬/芥末/胡椒粉來好嗎？

♠ 子供用（こどもよう）いすを彼女（かのじょ）に持（も）って来（き）ていただけますか？

ko.do.mo.yo.o/i.su.o/ka.no.jyo.o.ni./mo.t.te.ki.te/i.ta.da.ke/ma.su.ka/

可以幫我拿一張兒童椅給她嗎？

♠ いすをもう一（ひと）ついただけますか？

i.su.o/mo.o/hi.to.tsu/i.ta.da.ke/ma.su.ka/

我們能再要一張椅子嗎？

MP3 093

▶ 向餐廳抱怨餐點

♠ この料理は変な味がします。

ko.no.ryo.o.ri.wa/he.n.na.a.ji.ga/shi.ma.su/

這道菜嚐起來味道很怪！

♠ 牛乳は酸っぱいです。

kyu.u.nyu.u.wa/su.p.pa.i/de.su/

牛奶發酸了。

♠ 脂っこすぎます。

a.bu.ra/k.ko.su.gi.ma.su/

太油膩了。

♠ （肉質は）とても硬いね。

ni.ku.shi.tsu.wa/to.te.mo/ka.ta.i.ne/

（肉質）好硬啊！

♠ 肉を煮るのはオーバーしました。

ni.ku.o/ni.ru.no.wa/o.o.ba.a/shi.ma.shi.ta/

肉煮過頭了。

♠ 食パンは焼きすぎです。

syo.ku.pa.n.wa/ya.ki.su.gi.de.su/

吐司烤得太焦了。

♠ 私のステーキはレアです。

wa.ta.shi.no/su.te.e.ki.wa/re.a.de.su/

我的牛排太生了。

♠ 私(わたし)のサラダに虫(むし)がいます。

wa.ta.shi.no/sa.ra.da.ni/mu.shi.ga/i.ma.su/

我的沙拉裏有蟲。

♠ 私(わたし)の汁(しる)に髪(かみ)の毛(け)が入(はい)っています。

wa.ta.shi.no/shi.ru.ni/ka.mi.no.ke.ga/ha.i.t.te/i.ma.su/

我的湯裏有根頭髮。

♠ 冷(つめ)たくなりました。

tsu.me.ta.ku/na.ri.ma.shi.ta/

食物變涼了。

♠ コーヒーは焦(こ)げすぎです。

ko.o.hi.i.wa/ko.ge.su.gi.de.su/

咖啡燒得太焦了。

♠ シーフードスープは辛(から)すぎます。

shi.i.fu.u.do/su.u.pu.wa/ka.ra.su.gi.ma.su/

海鮮湯加太辣了。

▶ 向餐廳抱怨服務、環境

♠ 私(わたし)たちはもっと良(よ)いサービスをしてもらえるはずです。

wa.ta.shi.ta.chi.wa/mo.t.to/yo.i.sa.a.bi.su.o.shi.te/mo.ra.e.ru.ha.zu.de.su/

我們應該享有更好的服務。

♠ サービスは最悪(さいあく)です。

sa.a.bi.su.wa/sa.i.a.ku.de.su/

服務很差。

♠ ここは非常(ひじょう)にうるさいです。

ko.ko.wa/hi.jyo.o.ni/u.ru.sa.i.de.su/

這裡太吵了。

♠ ここはとても寒(さむ)い/熱(あつ)いです。

ko.ko.wa/to.te.mo/sa.mu.i/a.tsu.i/de.su/

這裏面好冷/熱。

♠ 席(せき)は狭(せま)すぎます。

se.ki.wa/se.ma.su.gi.wa.su/

位子太窄了。

MP3 094

▶ 結帳

問 勘定(かんじょう)します。

ka.n.jyo.o/shi.ma.su/

買單。

答 現金(げんきん)またはクレジットカードですか?

ge.n.ki.n/ma.ta.wa/ku.re.ji.t.to/ka.a.do/de.su.ka/

用現金還是信用卡(付帳)?

你還可以這麼說:

♠ 計算(けいさん)してください。

ke.i.sa.n.shi.te/ku.da.sa.i/

請結帳。

♠ 勘定(かんじょう)します。全部(ぜんぶ)でおいくらですか?

ka.n.jyo.o.shi.ma.su/ze.n.bu.de/o.i.ku.ra/de.su.ka/

我要買單,總共多少錢?

▶ 詢問結帳方式

問 現金（げんきん）またはクレジットカードですか？

ge.n.ki.n/ma.ta.wa/ku.re.ji.t.to/ka.a.do/de.su.ka/

用現金還是信用卡(付帳)？

答 クレジットカードで。

ku.re.ji.t.to/ka.a.do.de/

信用卡(付帳)。

對方還可以這麼說：

♠ 現金（げんきん）またはクレジットカードでお勘定（かんじょう）しますか？

ge.n.ki.n/ma.ta.wa/ku.re.ji.t.to/ka.a.do.de/o.ka.n.jyo.o/shi.ma.su.ka/

您要用現金還是信用卡付帳？

♠ 申（もう）し訳（わけ）ありませんが、こちらは現金（げんきん）だけいただきます。

mo.o.shi.wa.ke/a.ri.ma.se.n.ga/ko.chi.ra.wa/ge.n.ki.n.da.ke/i.ta.da.ki.ma.su/

很抱歉，本餐廳只接受現金。

MP3 095

▶ 說明付款方式

問 現金（げんきん）またはクレジットカードでお勘定（かんじょう）しますか?

ge.n.ki.n/ma.ta.wa/ku.re.ji.t.to/ka.a.do.de/o.ka.n.jyo.o/shi.ma.su.ka/

您要用現金還是信用卡付帳?

答 クレジットカードでお勘定（かんじょう）します。

ku.re.ji.t.to/ka.a.do.de/o.ka.n.jyo.o/shi.ma.su/

我要用信用卡結帳。

你還可以這麼說：

♠ クレジットカードで、これです。

ku.re.ji.t.to/ka.a.do.de/ko.re.de.su/

用信用卡。這是我的信用卡。

♠ これは私（わたし）のクレジットカードです。

ko.re.wa/wa.ta.shi.no/ku.re.ji.t.to/ka.a.do.de.su./

這是我的(信用卡)。

♠ 現金（げんきん）でお支払（しはら）いします。

ge.n.ki.n.de/o.shi.ha.ra.i/shi.ma.su/

我要用現金付錢。錢給你。

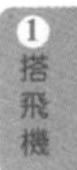

▶ 分期付款

問 分割（ぶんかつ）にしますか？

bu.n.ka.tsu.ni/shi.ma.su.ka/

你們要不要分期付款？

答 はい。

ha.i/

好的。

對方還可以這麼說：

♠ 分割（ぶんかつ）にしますか？

bu.n.ka.tsu.ni/shi.ma.su.ka/

您要分期嗎？

♠ カードは分割（ぶんかつ）にしますか？

ka.a.do.wa/bu.n.ka.tsu.ni/shi.ma.su.ka/

要刷卡分期嗎？

MP3 096

▶ 請客

♠ 今回、私が奢ります。

ko.n.ka.i/wa.ta.shi.ga/o.go.ri.ma.su/

這次我請客。

♠ 私が奢ります。

wa.ta.shi.ga/o.go.ri.ma.su/

我請客。

♠ 勘定は私がします。

ka.n.jyo.o.wa/wa.ta.shi.ga/shi.ma.su/

帳算我的。

♠ 絶対に私が奢ります。

ze.t.ta.i.ni/wa.ta.shi.ga/o.go.ri.ma.su/

我堅持付帳。

♠ 今日、私か奢ります。今度はあなたがごちそうしてください。

kyo.o/wa.ta.shi.ga/o.go.ri.ma.su/ko.n.do.wa/a.na.ta.ga/go.chi.so.o.shi.te/ku.da.sa.i/

今天算我的，改天再給你請。

▶ 各付各的帳單

問 割り勘にしましょう。

wa.ri.ka.n.ni/shi.ma.syo.o/

讓我們各付各的吧！

答 いいですね。

i.i.de.su.ne/

好主意。

MP3 097

▶ 帳單金額

問 全部で七百七十円です。

se.n.bu.de/na.na.hya.ku/na.na..jyu.u.e.n.de.su/

總共七百七十元。

答 はい。

ha.i/

好。

對方還可以這麼說：

♠ 一人三百二十円です。

hi.to.ri/sa.n.bya.ku/ni.jyu.u.e.n.de.su/

一個人是三百二十元。

MP3 097

▶ 內含服務費

問 サービス料(りょう)も含(ふく)まれていますか?

sa.a.bi.su.ryo.o.wa/fu.ku.ma.re.te/i.ma.su.ka/

有包含服務費嗎?

答 はい。10(じゅう)パーセントのサービス料(りょう)が含(ふく)まれています。

ha.i./jyu.u.pa.a.se.n.to.no/sa.a.bi.su.ryo.o.ga/fu.ku.ma.fu.ku.ma.re.te.i.ma.su/

是的,包含百分之十的服務費。

你還可以這麼說:

♠ サービス料(りょう)は含(ふく)んでいますか?

sa.a.bi.su.ryo.o.wa/fu.ku.n.de/i.ma.su.ka/

有含服務費嗎?

♠ VIP(ブイアイピー)カードがあれば、サービス料(りょう)はいりません。

bu.i.a.i.pi.i.ka.a.do.ga.a.re.ba/sa.a.bi.su.ryo.o.wa/i.ri.ma.se.n/

貴賓卡可以免服務費。

▶ 找零錢

問 これは百円（ひゃくえん）です。

ko.re.wa/hya.ku.e.n/de.su/

這是一百元。

答 領収書（りょうしゅうしょ）とお釣（つ）りでございます。

ryo.o.syu.u.syo.to/o.tsu.ri.de/go.za.i.ma.su/

這是您的收據和零錢。

對方還可以這麼說：

♠ これはこぜにで、全部（ぜんぶ）で百八十五円（ひゃくはちじゅうごえん）です。

ko.re.wa/ko.ze.ni.de/ze.n.bu.dc/hya.ku.ha.chi.jyu.u.go.e.n.de.su/

這是零錢，總共一百八十五元。

MP3 098

▶ 不必找零

問 おつりはいりません。

o.tsu.ri.wa/i.ri.ma.se.n/

不用找零錢了。

答 ありがとうございます。

a.ri.ga.to.o/go.za.i.ma.su/

先生，謝謝您。

Unit 4

速食店點餐

▶ 點餐

問 親子丼(おやこどん)にします。

o.ya.ko.to.n.ni/shi.ma.su/

我要點親子丼。

答 これはあなたのご注文(ちゅうもん)です。

ko.re.wa/a.na.ta.no/go.cyu.u.mo.n/de.su/

這是您的餐點。

你還可以這麼說：

♠ 刺身丼(さしみどん)にします

sa.shi.mi.do.n.ni/shi.ma.su/

我要一個生魚片丼。

♠ 小(ち)さいポテトフライを一(ひと)つにします。

chi.i.sa.i/po.te.to/fu.ra.i.o/hi.to.tsu.ni/shi.ma.su/

我要一份小薯條。

♠ ビッグバーガーにします。ケチャップをたくさんのせてください。

bi.g.gu.ba.a.ga.a.ni.shi.ma.su/ke.cya.p.pu.o/ta.ku.sa.n/no.se.te.ku.da.sa.i/

我要點一個大漢堡，要有很多蕃茄醬。

MP3 100

▶ 選擇內用或外帶

問 店内で召し上がりますか?またはお持ち帰りですか?

te.n.na.i.de/me.shi.a.ga.ri.ma.su.ka/ma.ta.wa/o.mo.chi.ka.e.ri.de.su.ka/

要這裏用還是外帶？

答 店内で食べます。

te.n.na.i.de/ta.be.ma.su/

內用，麻煩你。

你還可以這麼說：

♠ ここで食べます。

ko.ko.de/ta.be.ma.su/

要在這裡吃。

♠ 持ち帰ります。

mo.chi.ka.e.ri.ma.su/

帶走。

MP3 100

▶ 餐點售完／無供應

問 鶏肉サンドイッチを持ち帰ります。

to.ri.ni.ku/sa.n.do.i.c.chi.o/mo.chi.ka.e.ri.ma.su/

我要外帶雞肉三明治。

答 売(う)り切(き)れました。

u.ri.ki.re.ma.shi.ta/

賣完了。

對方還可以這麼說：

♠もう売(う)り切(き)れました。

mo.o/u.ri.ki.re.ma.shi.ta/

它已經賣完了。

♠今日(きょう)は供給(きょうきゅう)しません。

kyo.o.wa/kyo.o.kyu.u.shi.ma.se.n/

我們今天沒有供應。

MP3 101

▶ 等待外帶餐點

問 牛肉(ぎゅうにく)サンドイッチとアップルパイにします。

kyu.u.ni.ku/sa.n.do.i.c.chi.to/a.p.pu.ru/pa.i.ni/shi.ma.su/

那麼我要牛肉三明治和蘋果派。

答 少々(しょうしょう)お待(ま)ちください。

syo.o.syo.o/o.ma.chi/ku.da.sa.i/

請稍候。

對方還可以這麼說：

♠十分(じっぷん)くらいお待(ま)ちください。

ji.tsu.pu.n.ku.ra.i/o.ma.chi/ku.da.sa.i/

請稍等約十分鐘。

♠ アップルパイを五分お待ちいただきますが、大丈夫ですか？

a.p.pu.ru.ba.i.o/go.fu.n/o.ma.chi.i.ta.da.ki.ma.su.ga/da.i.jyo.o.bu.de.su.ka/

蘋果派要等5分鐘，沒關係嗎？

MP3 101

▶ 要求加快餐點外帶速度

問 もっと急いでいただけますか？ 汽車に乗りますので。

mo.t.to/i.so.i.de/i.ta.da.ke/ma.su.ka/ki.sya.ni/no.ri.ma.su.no.de/

你能快一點嗎？我要去趕火車。

答 はい。

ha.i/

好的，先生。

你還可以這麼說：

♠ 出勤しますので、ちょっと急いで出してください。

syu.k.ki.n/shi.ma.su.no.de/cyo.t.to/i.so.i.de/da.shi.te/ku.da.sa.i/

我要趕上班，可以快一點出餐嗎？

♠ 大急ぎシュガーを入れたホットコーヒーをいただけますか？

o.o.i.so.gi/syu.ga.a.o/i.re.ta/ho.t.to/ko.o.hi.i.o/i.ta.da.ke/ma.su.ka/

可以馬上給我一杯加糖的熱咖啡嗎？

MP3 102

▶ 醬料的種類

問 どんなソースにしますか？

do.n.na/so.o.su.ni/shi.ma.su.ka/

你要什麼醬料？

答 ケチャップをください。

ke.cya.p.pu.o/ku.da.sa.i/

請給我蕃茄醬。

你還可以這麼說：

♠ イチゴにしてください。

i.chi.go.ni/shi.te/ku.da.sa.i/

要草莓口味的。

♠ ハンバーガーを二つ、一つには何も入れないで、もう一つはすべてのソースを入れてください。

ha.n.ba.a.ga.a.o/fu.ta.tsu/hi.to.tsu.ni.wa/na.ni.mo/i.re.na.i.de/mo.o.hi.to.tsu.wa/su.be.te.no/so.o.su.o/i.re.te/ku.da.sa.i/

我要外帶兩個漢堡，一個什麼都不加，另一個全部的佐料都要。

MP3 102

▶ 添加醬料

問 何(なに)を中(なか)に入(い)れますか？

na.ni.o/na.ka.ni/i.re.ma.su.ka/

你要加什麼在上面嗎？

答 はい。チーズとたくさんのマスタードを入(い)れてください。

ha.i/chi.i.zu.to/ta.ku.sa.n.no/ma.su.ta.a.do.o/i.re.te/ku.da.sa.i/

好的，要起司和很多芥末。

你還可以這麼說：

♠ バターをください。

ba.ta.a.o/ku.da.sa.i/

請給我奶油。

♠ ハニー味(あじ)にします。

ha.ni.i.a.ji.ni/shi.ma.su/

要蜂蜜口味的。

♠ 何(なに)も入(い)れないで。

na.ni.mo/i.re.na.i.de/

什麼都不要加。

MP3 103

▶ 多要一些醬料

問 ケチャップをもう一(ひと)つもらえますか？

ke.cya.p.pu.o/mo.o.hi.to.tsu/mo.ra.e.ma.su.ka/

我能多要一份蕃茄醬嗎？

答 はい。どうぞ。

ha.i/do.o.zo/

當然，這是您要的。

MP3 103

▶ 飲料

問 お飲(の)み物(もの)はいかがなさいますか？

o.no.mi.mo.no.wa/i.ka.ga.na.sa.i.ma.su.ka/

您要點飲料嗎？

答 コーラをください。

ko.o.ra.o/ku.da.sa.i/

我要可樂。

你還可以這麼說：

♠ シェイクをください。

sye.i.ku.o/ku.da.sa.i/

我要一杯奶昔。

MP3 103

▶ 說明飲料大小杯

問 L(エル)ですか？

e.ru.de.su.ka/

大杯嗎？

答 はい。L(エル)のスプライトをください。

ha.i/e.ru.no/su.pu.ra.i.to.o/ku.da.sa.i/

要，來一杯大杯雪碧。

你還可以這麼說：

♠ M(エム)をください。L(エル)ではありません。

e.mu.o.ku.da.sa.i/e.ru.de.ha/a.ri.ma.se.n/

我要中杯，不是大杯。

♠ M(エム)をください。

e.mu.o/ku.da.sa.i/

(請給我)普通杯。

♠ あとはL(エル)のコーラをください。

a.to.wa/e.ru.no/ko.o.ra.o/ku.da.sa.i/

還要一杯大杯可口可樂。

MP3 104

▶ 詢問是否需要糖包或奶精

問 コーヒーをください。

ko.o.hi.i.o/ku.da.sa.i/

請給我一杯咖啡。

答 ミルクとお砂糖(さとう)は要(い)りますか?

mi.ru.ku.to/o.sa.to.o.wa/i.ri.ma.su.ka/

要奶精還是糖？

對方還可以這麼說：

♠ ミルクとお砂糖(さとう)はどれぐらい入(い)れますか？

mi.ru.ku.to/o.sa.to.o.wa/do.re.gu.ra.i/i.re.ma.su.ka/

咖啡要多少奶精和糖？

♠ ミルクと砂糖(さとう)を入(い)れますか？

mi.ru.ku.to/sa.to.o/i.re.ma.su.ka/

直接幫您加入奶精和糖嗎？

MP3 104

▶ 糖包和奶精都要

問 ミルクとお砂糖(さとう)はいかがなさいますか?

mi.ru.ku.to/o.sa.to.o.wa/i.ka.ga.na.sa.i.ma.su.ka/

您要奶精還是糖？

答 両方(りょうほう)ともください。

ryo.o.ho.o.to.mo/ku.da.sa.i/

我兩種都要，謝謝。

你還可以這麼說：

♠ 両方(りょうほう)とも要(い)ります。

ryo.o.ho.o.to.mo/i.ri.ma.su/

兩個都要。

♠ ミルクは一つ、砂糖は二つください。
mi.ru.ku.wa/hi.to.tsu/sa.to.o.wa/fu.ta.tsu/ku.da.sa.i/
請給我一個奶精和兩包糖。

MP3 105

▶ 說明糖包和奶精的量

問 藤井さんは?
fu.ji.i.sa.n.wa/
藤井先生，您呢？

答 コーヒーをください。それと砂糖とミルク二つずつ。
ko.o.hi.i.o/ku.da.sa.i/so.re.to/sa.to.o.to/mi.ru.ku/fu.ta.tsu.zu.tsu/
請給我咖啡、兩包糖和兩包奶精。

你還可以這麼說：

♠ 砂糖二つ。ミルクは要りません。
sa.to.o.fu.ta.tsu/mi.ru.ku.wa/i.ri.ma.se.n/
糖兩包，不要奶精。

♠ ミルクだけでいいです。
mi.ru.ku.da.ke.de/i.i.de.su/
只要奶精。

♠何(なに)も入(い)れないでください。

syu.ga.a.wa/ni.su.pu.u.n.de/mi.ru.ku.wa/ni.su.pu.u.n.de/

什麼都不要加。

MP3 105

▶ 索取紙巾、吸管

問 ナプキンをもっといただけますか?

na.pu.ki.n.o/mo.t.to/i.ta.da.ke/ma.su.ka/

我可以多要一些紙巾嗎？

答 こちらです。

ko.chi.ra.de.su/

在這裡。

你還可以這麼說：

♠ストローをもっといただけますか？

su.to.ro.o.o/mo.t.to/i.ta.da.ke/ma.su.ka/

我可以多要一些吸管嗎？

♠ストローを二(ふた)つください。

su.to.ro.o.o/fu.ta.tsu/ku.da.sa.i/

我要兩根吸管。

Unit 5

購物

▶ 詢問營業時間

問 営業時間は何時までですか？

e.i.gyo.o.ji.ka.wa/na.n.ji.ma.de/de.su.ka/

你們營業到幾點？

答 六時三十分までです。

ro.ku.ji/sa.n.jyu.p.pu.n.ma.de/de.su/

到六點卅分。

對方還可以這麼說：

♠ 営業は六時三十分まででございます。

e.i.gyo.o.wa/ro.ku.ji/sa.n.jyu.p.pu.u.ma.de.de/go.za.i.ma.su/

我們營業到六點卅分。

♠ 一晩中営業しております。

hi.to.ba.n.jyu.u/e.i.gyo.o.shi.te/o.ri.ma.su/

我們整晚都有營業。

♠ 朝十一時から夜九時まで営業しております。。

a.sa/jyu.u.i.chi.ji.ka.ra/yo.ru/ku.ji.ma.de/e.i.gyo.o.shi.te/o.ri.ma.su/

我們從早上十一點營業到晚上九點。

♠ 土曜日に朝九時から夜七時まで営業しております。

do.yo.o.bi.ni/a.sa/ku.ji.ka.ra/yo.ru/shi.chi.ji.ma.de/e.i.gyo.o.shi.te/o.ri.ma.su/

星期六我們營業從早上九點到晚上七點。

MP3 107

▶ 只看不買

問 何(なに)かお探(さが)しでしょうか？

na.ni.ka/o.sa.ga.shi.te.syo.o.ka/

請問您在找什麼嗎？

答 いいえ。見(み)ているだけです。

i.i.e/mi.te.i.ru.da.ke.de.su/

不用。我只是隨便看看。

你還可以這麼說：

♠ いいです。

i.i.de.su/

不用，謝謝！

♠ 何(なに)かあったら呼(よ)びます。

na.ni.ka.a.t.ta.ra/yo.bi.ma.su/

也許等一下要（麻煩您），謝謝。

♠ 大丈夫(だいじょうぶ)です。

da.i.jyo.o.bu.de.su/

我不需要你服務。

♠ 結構(けっこう)です。

ke.k.ko.o.de.su/

還不需要。謝謝！

▶ 店員主動招呼

問 こんにちは。何(なに)か お探(さが)しでしょうか？

ko.n.ni.chi.wa/na.ni.ka/o.sa.ga.shi.de.syo.o.ka/

嗨，需要我幫忙嗎？

答 ええ。あの手袋(てぶくろ)をちょっと見(み)せてもらえますか？

e.e/a.no/te.bu.ku.ro.o/cyo.t.to/mi.se.te/mo.ra.e.ma.su.ka/

是的，我可以看一下那個手套嗎？

你還可以這麼說：

♠ いいえ。見(み)ているだけです。

i.i.e/mi.te.i.ru.da.ke.de.su/

沒有。我隨便看看。

♠ はい。スカーフを探(さが)しています。

ha.i/su.ka.a.fu.o/sa.ga.shi.te/i.ma.su/

有的，我在找圍巾。

MP3 108

▶ 店員的客套話

問 ちょっと見(み)ているだけです。

cyo.t.to/mi.te.i.ru.da.ke.de.su/

我隨便看看。

答 何(なに)かございましたら、おしゃってください。田上(たのうえ)と申(もう)します。

na.ni.ka/go.za.i.ma.shi.ta.ra/o.sya.t.te.ku.da.sa.i/ta.no.u.e.to.mo.o.shi.ma.su/

假如您需要任何幫忙，讓我知道就好，我是田上。

對方還可以這麼說：

♠ ごゆっくりご覧(らん)ください。

go.yu.k.ku.ri/go.ra.n/ku.da.sa.i/

您慢慢看。

♠ ごゆっくりお選(えら)びください。

go.yu.k.ku.ri/o.e.ra.bi/ku.da.sa.i/

請盡情挑選您要的商品。

MP3 108

▶ 購物的打算

問 プレゼントはもうお決(き)めになられていますか?

pu.re.ze.n.to.wa/mo.o/o.ki.me.ni/na.ra.re.te/i.ma.su.ka/

您已經決定好要買什麼了嗎？

問 子供(こども)のプレゼントを探(さが)しているんですが。

ko.do.mo.no/pu.re.ze.n.to.o/sa.ga.shi.te/i.ru.n.de.su.ga/

我在找一些要送給孩子們的禮物。

你還可以這麼說：

♠ アメリカ製の記念品はありますか？

a.me.ri.ka.se.i.no/ki.ne.n.hi.n.wa/a.ri.ma.su.ka/

有沒有美國製造的紀念品？

♠ 妻に誕生日のプレゼントを買いたいんですが。

tsu.ma.ni/ta.n.jyo.o.bi.no/pu.re.ze.n.to.o/ka.i.ta.i.n.de.su.ga/

我需要幫我太太買生日禮物。

MP3 109

▶ 購買特定商品

問 何にされますか？

na.ni.ni/sa.re.ma.su.ka/

您想買什麼？

答 イアリングを買いたいのですが。

i.a.ri.n.gu.o/ka.i.ta.i.no/de.su.ga/

我想要買耳環。

你還可以這麼說：

♠ 手袋をください。

te.fu.ku.ro.o/ku.da.sa.i/

我需要手套。

♠ スカートを探していますが。

su.ka.a.to.o/sa.ga.shi.te.i.ma.su.ga/

我正在找一些裙子。

♠ パープルの帽子(ぼうし)がありますか？

pa.a.pu.ru.no/bo.o.shi.ga/a.ri.ma.su.ka/

你們有紫色的帽子嗎？

MP3 109

▶ 購買禮品

問 どなたへのプレゼントですか？

do.na.ta.he.no/pu.re.ze.n.to.de.su.ka/

送給誰的禮物嗎？

答 はい。娘(むすめ)に送(おく)りたいのですが。

ha.i/mu.su.me.ni/o.ku.ri.ta.i.no/de.su.ga/

是的，是給我女兒的。

對方還可以這麼說：

♠ もう何(なに)かお決(き)めですか？

mo.o/na.ni.ka/o.ki.me.de.su.ka/

要找特定的東西嗎？

♠ これらはご家族(かぞく)の方(かた)へのプレゼントにぴったりです。

ko.re.ra.wa/go.ka.zo.ku.no.ka.ta.he.no/pu.re.ze.n.to.ni/pi.t.ta.ri.de.su/

這些是很適合送家人的禮物。

▶ 購買電器

問 これは保証書(ほしょうしょ)がありますか？

ko.re.wa/ho.syo.o.syo.ga/a.ri.ma.su.ka/

這個有保證書嗎？

答 はい。ございます。

ha.i/go.za.i.ma.su/

有的，先生。

你還可以這麼說：

♠ 保証期間(ほしょうきかん)は何年(なんねん)ですか？

ho.syo.o.ki.ka.n.wa/na.n.ne.n.de.su.ka/

保固期限是幾年？

♠ 保証期間(ほしょうきかん)が過(す)ぎてもここで修理(しゅうり)をしていただけますか？

ho.syo.o.ki.ka.n.ga.su.gi.te.mo/ko.ko.de/syu.u.ri.o/i.ta.da.ke/ma.su.ka/

保固期限後可以在這裡修理嗎？

♠ この電子辞典(でんしじてん)はどこ製(せい)ですか？

ko.no/de.n.shi.ji.te.n.wa/do.ko.se.i.de.su.ka/

這台電子字典是哪裡製作的？

1 搭飛機
2 旅館住宿
3 飲食
4 速食店點餐
5 購物
6 搭乘交通工具
7 觀光

MP3 110

▶ 參觀特定商品

問 何(なに)をお探(さが)しですか?

na.ni.o/o.sa.ga.shi.de.su.ka/

您想看些什麼?

答 ネクタイを見(み)たいのですが。

ne.ku.ta.i.o/mi.ta.i.no/de.su.ga/

我想看一些領帶。

你還可以這麼說:

♠ MP3(エムピースリー)プレーヤーを見(み)せてもらえますか?

e.mu.pi.i.su.ri.i/pu.re.e.ya.a.o/mi.se.te/mo.ra.e.ma.su.ka/

我能看那些MP3播放器嗎?

♠ アレを見(み)せてもらえますか?

a.re.o/mi.se.te/mo.ra.e.ma.su.ka/

我能看一看他們嗎?

♠ ほかのものを見(み)せてもらえますか?

ho.ka.no.mo.no.o/mi.se.te/mo.ra.e.ma.su.ka/

你能給我看一些不一樣的嗎?

♠ あのペンを見(み)せてください。

a.no.pe.n.o/mi.se.te/ku.da.sa.i/

給我看那支筆。

▶ 詢問是否找到中意商品

問 何かお気に召すものがございましたか？
na.ni.ka/o.ki.ni.me.su.mo.no.ga/go.za.i.ma.shi.ta.ka/
找到您喜歡的東西了嗎？

答 はい。このコンピューターに興味があります。
ha.i/ko.no/ko.n.pyu.u.ta.a.ni/kyo.o.mi.ga/a.ri.ma.su/
對，我對這台電腦有興趣。

你還可以這麼說：

♠ まだです。
ma.da.de.su/
還沒有。

♠ これはすてきです。
ko.re.wa/su.te.ki.de.su/
這個看起來不錯。

♠ このような帽子がありますか？
ko.no.yo.o.na/bo.o.shi.ga/a.ri.ma.su.ka/
你們有沒有像這類的帽子？

MP3 111

▶ 選購指定商品

問 どちらがお好(す)きですか?

do.chi.ra.ga.o/su.ki.de.su.ka/

你喜歡哪一件？

答 あの黒(くろ)いセーターを見(み)せてください。

a.no.ku.ro.i.se.e.ta.a.o/mi.se.te/ku.da.sa.i/

請給我看看那件黑色毛衣。

你還可以這麼說：

♠ 一番下(いちばんした)の棚(たな)のあれです。

i.chi.ba.n.shi.ta.no/ta.na.no/a.re.de.su/

在底層架子上的那一件。

♠ あれらのスカートが綺麗(きれい)ですね。

a.re.ra.no/su.ka.a.to.wa/ki.re.i/de.su.ne/

那些裙子看起來不錯。

▶ 回答是否尋找特定商品

問 お探(さが)しのものはこちらですか?

o.sa.ga.shi.no.mo.no.wa/ko.chi.ra.de.su.ka/

你要找的是這一種嗎？

答 はい。これです。

ha.i/ko.re.de.su/

是的，我要這一種。

你還可以這麼說：

♠ いいえ、これは好(す)きではありません。

i.i.e/ko.re.wa/su.ki.de.wa/a.ri.ma.se.n/

不要，我不喜歡這一件。

♠ ほかにはありませんか？

ho.ka.ni.wa/a.ri.ma.se.n.ka/

還有其他嗎？

♠ もっといいのがありますか？

mo.t.to/i.i.no.ga/a.ri.ma.su.ka/

你有沒有好一點的？

♠ これで全部(ぜんぶ)ですか？

ko.re.de/ze.n.bu/de.su.ka/

全部就這些嗎？

MP3 112

▶ 回答是否選購指定商品

問 パンツが要(い)りますか?

pa.n.tsu.ga/i.ri.ma.su.ka/

您需要褲子嗎?

答 はい。見(み)せてください。

ha.i/mi.se.te/ku.da.sa.i/

是的,我想要看一看。

你還可以這麼說:

♠ 結構(けっこう)です。

ke.k.ko.o.de.su/

不用,謝謝!

♠ これは私(わたし)がほしいのではありません。

ko.re.wa/wa.ta.shi.ga/ho.shi.i.no.de.wa/a.ri.ma.se.n/

這不是我需要的。

♠ 私(わたし)が探(さが)しているのはこれではありません。

wa.ta.shi.ga/sa.ga.shi.te.i.ru.no.wa/ko.re.de.wa/a.ri.ma.se.n/

我不是要找這一種。

▶ 詢問特殊商品

問 人気商品(にんきしょうひん)のセール中(ちゅう)です。

ni.n.ki.syo.o.hi.n.no/se.e.ru.cyu.u.de.su/

我們有一些人氣商品在特價中。

答 どこにありますか?

do.ko.ni/a.ri.ma.su.ka/

在哪裡?

你還可以這麼說:

♠ どんなものですか?

do.n.na/mo.no.de.su.ka/

是什麼?

♠ どれぐらいの割引(わりびき)ですか?

do.re.gu.ra.i.no/wa.ri.bi.ki.de.su.ka/

折扣是多少?

♠ 特別(とくべつ)なのを見(み)せていただけますか?

to.ku.be.tsu.na.no.o/mi.se.te/i.ta.da.ke/ma.su.ka/

可以給我看一些特別的嗎?

MP3 113

▶ 推薦商品

問 ウールのマフラーが宜(よろ)しいのでは?

u.u.ru.no.ma.fu.ra.a.ga/yo.ro.shi.i.no.de.wa/

也許您想要一條羊毛圍巾。

答 はい。それがほしいです。

ha.i/so.re.ga/ho.shi.i.de.su/

對，我想這就是我要的。

你還可以這麼說：

♠ いいえ、これは重(おも)すぎます。

i.i.e/ko.re.wa/o.mo.su.gi.ma.su/

不要，這個太重了。

♠ 妻(つま)が気(き)に入(い)ると思(おも)いません。

tsu.ma.ga/ki.ni.i.ru.to/o.mo.i.ma.se.n/

我不這麼認為我老婆會喜歡。

▶ 新品上市

問 あれらは新品(しんぴん)でございます。

a.re.ra.wa/shi.n.pi.n.de/go.za.i.ma.su/

他們都是新品。

答 見(み)せていただけますか?

mi.se.te/i.ta.da.ke/ma.su.ka/

我可以看看嗎？

你還可以這麼說：

♠ 高(たか)いですか？

ta.ka.i.de.su.ka/

貴嗎？

♠ 新品(しんぴん)にはディスカウントがありませんか？

shi.n.pi.n.ni.wa/di.su.ka.u.n.to.ga/a.ri.ma.se.n.ka/

新品沒有折扣嗎？

♠ 新品(しんぴん)はいつ来(き)ますか？

shi.n.pi.n.wa/i.tsu/ki.ma.su.ka/

新品是何時進貨的？

MP3 114

▶ 商品的操作

問 操作(そうさ)してもらえますか？

so.o.sa.shi.te/mo.ra.e.ma.su.ka/

你可以操作給我看嗎？

答 はい。このボタンを押(お)すと電源(でんげん)が入(はい)ります。

ha.i/ko.no.bo.ta.n.o/o.su.to/de.n.ge.n.ga/ha.i.ri.ma.su/

好的，先生。你可以按這個鈕來開啟電源。

你還可以這麼說：

♠ どう使(つか)いますか？

do.o/tsu.ka.i.ma.su.ka/

這個要怎麼用？

♠ どう操作(そうさ)しますか？

do.o/so.o.sa/shi.ma.su.ka/

要怎麼操作？

▶ 特定顏色

問 どんな色(いろ)が宜(よろ)しいですか?

do.n.na/i.ro.ga/yo.ro.shi.i.de.su.ka/

您想要哪一個顏色？

答 ブルーがありますか?

bu.ru.u.ga/a.ri.ma.su.ka/

你們有藍色的嗎？

你還可以這麼說：

♠ ブルーの靴下(くつした)を探(さが)しているのですが。

bu.ru.u.no/ku.tsu.shi.ta.o/sa.ga.shi.shi.te.i.ru.no/de.su.ga/

我在找藍色的襪子。

♠ レッドかブルーのがいいです。

re.d.do.ka/bu.ru.u.no.ga/i.i.de.su/

紅色或藍色都可以。

♠ このサイズではかの色(いろ)のがありますか？

ko.no.sa.i.zu.de/ho.ka.no.i.ro.no.ga/a.ri.ma.su.ka/

有這個尺寸的其他顏色嗎？

MP3 115

▶ 選擇顏色

問 ブルーが好(す)きです。

bu.ru.u.ga/su.ki.de.su/

我喜歡藍色。

答 はい。ブルーのスカートを持(も)ってまいります。

ha.i/bu.ru.u.no/su.ka.a.to.o/mo.t.te/ma.i.ri.ma.su/

好的，讓我拿一些藍色裙子給您。

對方還可以這麼說：

♠ レッドしかございません。

re.d.do.shi.ka/go.za.i.ma.se.n/

先生，我們只有紅色。

♠ ブルーはありません。

bu.ru.u.wa/a.ri.ma.se.n/

先生，我們沒有藍色。

♠ ブラックのをご覧(らん)になりますか？

bu.ra.k.ku.no.o/ni.na.ri.ma.su.ka/

您要看看黑色的嗎？

♠ 倉庫(そうこ)に確認(かくにん)しに行(い)ってきます。

so.o.ko.ni/ka.ku.ni.n.shi.ni/i.t.te/ki.ma.su/

讓我到倉庫確定一下。

▶ 特定款式

問 どんなデザインのが宜しいですか?

do.n.na/de.za.i.n.no.ga/yo.ro.shi.i.de.su.ka/

您想要哪一種款式？

答 流行りのがいいです。

ha.ya.ri.no.ga/i.i.de.su/

流行一點的。

你還可以這麼說：

♠これは今年のデザインでしょう。

ko.re.wa/ko.to.shi.no/de.za.i.n.de.syo.o/

這是今年的款式，對吧？

♠もう少し地味なのがありますか？

mo.o.su.ko.shi/ji.mi.na.no.ga/a.ri.ma.su.ka/

有沒有樸素一點的？

♠控え目なのが好きです。

hi.ka.e.me.na.no.ga/su.ki.de.su/

我偏好保守一點的。

MP3 116

▶ 款式的差異

問 デザインA(エイ)とデザインB(ビイ)はどこが違(ちが)いますか?

de.za.i.n.e.i.to/de.za.i.n.bi.i.wa/do.ko.ga/chi.ga.i.ma.su.ka/

款式A和款式B有什麼不同？

答 デザインA(エイ)は今(こん)シーズンのでございます。

de.za.i.n.e.i.wa/ko.n.shi.i.zu.n.no.de/go.za.i.ma.su/

款式A是新貨。

你還可以這麼說：

♠ あの二(ふた)つはどこが違(ちが)いますか？

a.no/fu.ta.tsu.wa/do.ko.ga/chi.ga.i.ma.su.ka/

他們兩個有什麼不同？

♠ どこが違(ちが)うのか分(わ)かりません。

do.ko.ga/chi.ga.u.no.ka/wa.ka.ri.ma.se.n/

我看不出來有什麼差別。

♠ これは赤(あか)いのと違(ちが)いますか？

ko.re.wa/a.ka.i.no.to/chi.ga.i.ma.su.ka/

這個和紅色那個不同嗎？

▶ 特定搭配

問 どんなのがこれと合(あ)わせられますか？
do.n.na.no.ga/ko.re.to/a.wa.se.ra.re.ma.su.ka/
什麼會和這一件搭配？

答 このセーターはなんにでも合(あ)わせられます。
ko.no.se.e.ta.a.wa/na.n.ni.de.mo/a.wa.se.ra.re.ma.su/
這件毛衣搭什麼都很適合。

對方還可以這麼說：

♠ このジャケットはあのパンツととても似合(にあ)います。
ko.no/jya.ke.t.to.wa/a.no/pa.n.tsu.to/to.te.mo.ni.a.i.ma.su/
這件夾克和那條褲子會十分相配。

♠ レッドとブラックはあれと似合(にあ)いますね。
re.d.do.to/bu.ra.k.ku.wa/a.re.to/ni.a.i.ma.su.ne/
紅色和黑色都和它很配。

♠ 一緒(いっしょ)に着(き)るといいですね。
i.s.syo.ni/ki.ru.to/i.i.de.su.ne/
他們配起來不錯。

MP3 117

▶ 流行款式

問 どちらが宜(よろ)しいですか?

do.chi.ra.ga/yo.ro.shi.i.de.su.ka/

哪一件比較好？

答 レッドのは流行(はや)っていますよ。

re.d.do.no.wa/ha.ya.t.te/i.ma.su.yo/

紅色正在流行。

對方還可以這麼說：

♠ こちらのタイプは今流行(いまはや)っていますよ。

ko.chi.ra.no.ta.i.pu.wa/i.ma/ha.ya.t.te/i.ma.su.yo/

這種現在正流行。

♠ ゆったりしたズボンは非常(ひじょう)に流行(はや)っています。

yu.t.ta.ri.shi.ta/zu.bo.n.wa/hi.jyo.o.ni/ha.ya.t.te/i.ma.su/

寬鬆的褲子非常流行。

▶ 尺寸說明

問 お客様(きゃくさま)のサイズは?

o.kya.ku.sa.ma.no/sa.i.zu.wa/

您的尺寸是多少？

答 8号(はちごう)です。

ha.chi.go.u/de.su/

我的尺寸是八號。

你還可以這麼說：

♠ 自分(じぶん)のサイズを知(し)っています。

ji.bu.n.no/sa.i.zu.o/shi.t.te/i.ma.su/

我知道我的尺寸。

♠ 私(わたし)のサイズは8号(はちごう)と7号(ななごう)の間(あいだ)です。

wa.ta.shi.no/sa.i.zu.wa/ha.chi.go.o.to/na.na.go.o.no/a.i.da.de.su/

我的尺寸是介於八號和七號之間。

MP3 118

▶ 特定尺寸

問 サイズのほうは？

sa.i.zu.no.ho.o.wa/

您要什麼尺寸？

答 M(エム)をください。

e.mu.o/ku.da.sa.i/

請給我中號。

你還可以這麼說：

♠ L(エル)をください。

e.ru.o/ku.da.sa.i/

我要大尺寸的。

♠ S(エス)をください。

e.su.o/ku.da.sa.i/

我要試穿小號的。

♠ これはS(エス)ですが、私(わたし)はM(エム)サイズを着(き)ます。

ko.re.wa/e.su.de.su.ga/wa.ta.shi.wa/e.mu.sa.i.zu.o/ki.ma.su.

這是小號的，我穿中號的。

▶ 詢問尺寸

問 ほかのサイズがありますか？

ho.ka.no/sa.i.zu.ga/a.ri.ma.su.ka/

有沒有其他尺寸？

答 はい。ほかにL（エル）サイズがございます。

ha.i/ho.ka.ni.e.ru.sa.i.zu.ga/go.za.i.ma.su/

有的，還有L尺寸。

你還可以這麼說：

♠ どんなサイズがありますか？

do.n.na/sa.i.zu.ga/a.ri.ma.su.ka/

你們有什麼尺寸？

♠ S（エス）がありますか？

e.su.ga/a.ri.ma.su.ka/

你們有小號的嗎？

♠ 8号（はちごう）のをください。

ha.chi.go.o.no.o/ku.da.sa.i/

給我8號。

♠ ブラックの8号（はちごう）のをください。

bu.ra.k.ku.no/ha.chi.go.o.o/ku.da.sa.i/

給我黑色的8號尺寸。

MP3 119

▶ 不知道尺寸

問 自分(じぶん)のサイズが分(わ)かりません。

ji.bu.n.no/sa.i.zu.ga/wa.ka.ri.ma.se.n/

我不知道我的尺寸。

答 測(はか)らせていただきます。

ha.ka.ra.se.te/i.ta.da.ki.ma.su/

我可以幫你量。

對方還可以這麼說：

♠ 32(さんじゅうにごう)号ですね？

sa.n.jyu.u.ni.go.o.de.su.ne/

是32號，對嗎？

♠ 8号(はちごう)だと思(おも)いますが。

ha.chi.go.o.da.to/o.mo.i.ma.su.ga/

我猜你的尺寸是8號。

♠ ウエストを測(はか)らせていただきます。

u.e.su.to.o/ha.ka.ra.se.te/i.ta.da.ki.ma.su/

我幫你量腰圍。

♠ スーツの寸法(すんぽう)を測(はか)らせていただきます。

su.u.tsu.no.su.n.po.o.o/ha.ka.ra.se.te/i.ta.da.ki.ma.su/

我可以幫你量西裝的尺寸。

▶ 不中意商品

問 これらはいかがですか？

ko.re.ra.wa/i.ka.ga.de.su.ka/

那些你覺得呢？

答 年寄(としよ)りっぽいですね。

to.shi.yo.ri.p.po.i.de.su.ne/

好像有些老氣。

你還可以這麼說：

♠ サイズが違(ちが)います。

sa.i.zu.ga/chi.ga.i.ma.su/

尺寸不對。

♠ このデザインは好(す)きではありません。

ko.no.de.za.i.n.wa/su.ki.de.wa/a.ri.ma.se.n/

我不喜歡這個款式。

♠ この色(いろ)は好(す)きではありません。

ko.no.i.ro.wa/su.ki.de.wa/a.ri.ma.se.n/

我不偏好這種顏色。

MP3 120

▶ 回答試穿與否

問 試着(しちゃく)されますか?

shi.cya.ku.sa.re.ma.su.ka/

你要試穿看看嗎？

答 はい。

ha.i/

好。

你還可以這麼說：

♠ いいえ。ありがとうございます。

i.i.e/a.ri.ga.to.o/go.za.i.ma.su/

不用了，謝謝。

♠ はい。この赤(あか)いドレスを着(き)てみたいです。

ha.i/ko.no.a.ka.i.do.re.su.o/ki.te.mi.ta.i.de.su/

好的，我想試穿這件紅色洋裝。

▶ 要求試穿

問 着(き)てみてもいいですか?

ki.te/mi.te.mo/i.i.de.su.ka/

我可以試穿這一件嗎？

答 はい。どうぞ、こちらへ。

ha.i/do.o.zo/ko.chi.ra.he/

好啊，這邊請。

對方還可以這麼說：

♠ はい。こちらでございます。

ha.i/ko.chi.ra.de/go.za.i.ma.su/

好的。這是你要的。

♠ はい。こちらをご試着(しちゃく)ください。

ha.i/ko.chi.ra.o/go.shi.cya.ku/ku.da.sa.i/

當然好。您可以試穿這一件。

♠ 試着室(しちゃくしつ)はあちらです。

shi.cya.ku.shi.tsu.wa/a.chi.ra.de.su/

試衣間在那裡。

♠ 申(もう)し訳(わけ)ありませんが、こちらは試着(しちゃく)することができません。

mo.o.shi.wa.ke/a.ri.ma.se.n.ga/ko.chi.ra.wa/shi.cya.ku.su.ru.ko.to.ga/de.ki.ma.se.n/

抱歉，不可以試穿。

MP3 121

▶ 提供試穿

問 こちらのコートをどうぞご試着（しちゃく）ください。

ko.chi.ra.no.ko.o.to.o/do.o.zo/go.shi.cya.ku/ku.da.sa.i/

請試穿看看這件外套。

答 ありがとうございます。

a.ri.ga.to.o/go.za.i.ma.su/

謝謝。

你還可以這麼說：

♠ 試着室（しちゃくしつ）はどこですか？

shi.cya.ku.shi.tsu.wa/do.ko.de.su.ka/

試穿間在哪裡？

♠ アレを着（き）てみてもいいですか？

a.re.o/ki.te/mi.te.mo/i.i.de.su.ka/

我也可以試穿那一件嗎？

♠ いいえ、結構（けっこう）です。

i.i.e/ke.k.ko.o.de.su/

不用，謝謝！

▶ 試穿特定尺寸

問 このサイズはいかがですか？

ko.no.sa.i.zu.wa/i.ka.ga.de.su.ka/

這一個尺寸如何？

答 もっと大きいのが良さそうです。

mo.t.to/o.o.ki.i.no.ga/yo.sa.so.o.de.su/

我應該要試穿另一件大一點的。

你還可以這麼說：

♠ もっと大きいのを換えられますか？

mo.t.to/o.o.ki.i.no.o/ka.e.ra.re.ma.su.ka/

可以換大一點的嗎？

♠ もう少し小さいのを着ていいですか？

mo.o.su.ko.shi/chi.i.sa.i.no.o/ki.te/i.i.de.su.ka/

我能試穿較小件的嗎？

♠ この色で三十八号がありますか？

ko.no.i.ro.de/sa.n.jyu.u.ha.chi.go.o.ga/a.ri.ma.su.ka/

這個顏色有38號嗎？

♠ 七号のお靴がありますか？

shi.chi.go.o.no/o.ku.tsu.ga/a.ri.ma.su.ka/

您有七號的鞋子嗎？

MP3 122

▶ 徵詢試穿尺寸

問 大(おお)きいのを履(は)いてみますか?

o.o.ki.i.no.o/ha.i.te/mi.ma.su.ka/

您要試穿大一點的嗎？

答 はい。お願(ねが)いします。

ha.i/o.ne.ga.i/shi.ma.su/

好的，請給我。

你還可以這麼說：

♠ はい。四十二号(よんじゅうにごう)のを履(は)いてみます。

ha.i/yo.n.jyu.u.ni.go.o.no.o/ha.i.te/mi.ma.su/

好的，我要試穿42號。

♠ いいえ、このサイズでいいです。

i.i.e/ko.no.sa.i.zu.de/i.i.de.su/

不用，這個尺寸可以。

♠ 一(ひと)サイズ小(ちい)さいのを履(は)いてもいいですか？

hi.to.sa.i.zu/chi.i.sa.i.no.o/ha.i.te.mo/i.i.de.su.ka/

可以試穿小一號的嗎？

▶ 詢問試穿結果

問 これ似合いますか？

ko.re/ni.a.i.ma.su.ka/

我穿這一件合適嗎？

答 お似合いですよ。

o.ni.a.i.de.su.yo/

你穿看起來不錯。

你還可以這麼說：

♠ 鍵はどこですか？

ka.gi.wa/do.ko.de.su.ka/

鑰匙那裡？

♠ ちょっと見て下さい。

cyo.t.to/mi.te/ku.da.sa.i/

幫我看一看。

MP3 123

▶ 質疑試穿結果

問 お似合(にあ)いですよ。

o.ni.a.i.de.su.yo/

你穿這件看起來不錯耶！

答 そうですか？

so.o.de.su.ka/

是嗎？

你還可以這麼說：

♠ そう思(おも)いますか？

so.o/o.mo.i.ma.su.ka/

你這麼認為嗎？

♠ どうしたらいいか分(わ)かりません。

do.o.shi.ta.ra.i.i.ka/wa.ka.ri.ma.se.n/

我拿不定主意。

♠ これはあまり…

ko.re.wa.a.ma.ri/

我不覺得這件好。

♠ ちょっと大(おお)きすぎると思(おも)いませんか？

cyo.t.to/o.o.ki.su.gi.ru.to/o.mo.i.ma.se.n.ka/

你不覺得太寬鬆嗎？

▶ 試穿結果不錯

問 いかがですか?

i.ka.ga.de.su.ka/

他們覺得如何？

答 いいと思(おも)いますけど。

i.i.to/o.mo.i.ma.su.ke.do/

我覺得不錯。

你還可以這麼說：

♠ すてきですね。

su.te.ki.de.su.ne/

好看。

♠ いいですね。

i.i.de.su.ne/

不錯。

♠ これが好(す)きです。

ko.re.ga/su.ki.de.su/

這個我喜歡。

♠ いい感(かん)じですね。

i.i.ka.n.ji.de.su.ne/

看起來不錯。

MP3 124

▶ 特定尺寸不適合

問 サイズは宜(よろ)しいですか?

sa.i.zu.wa/yo.ro.shi.i.de.su.ka/

合身嗎?

答 ん～、ウエストがちょっときついです。

n/u.e.su.to.ga/cyo.t.to/ki.tsu.i.de.su/

嗯,腰部有一點緊。

你還可以這麼說:

♠ 本当(ほんとう)にちょっときついです。

ho.n.to.o.ni/cyo.t.to/ki.tsu.i.de.su/

真的有一些緊。

♠ ズボンの長(なが)さが足(た)りないです。

zu.bo.n.no/na.ga.sa.ga/ta.ri.na.i.de.su/

褲腳的長度不夠。

♠ 小(ちい)さすぎです。

chi.i.sa.su.gi/de.su/

太小了。

♠ ちょっと大(おお)きいようです。

cyo.t.to/o.o.ki.i.yo.o.de.su/

好像有一些大。

▶ 試穿結果不喜歡

問 ぴったりしていますね。

pi.t.ta.ri.shi.te/i.ma.su.ne/

你的衣服十分合身。

答 着心地(きごこち)が悪(わる)いです。

ki.go.ko.chi.ga/wa.ru.i.de.su/

但是(穿起來)不舒服。

你還可以這麼說：

♠ これは良(よ)くなさそうです。

ko.re.wa/yo.ku/na.sa.so.o.de.su/

這件不太對勁。

♠ これは太(ふと)って見(み)えます。

ko.re.wa/fu.to.t.te/mi.e.ma.su/

這個讓我看起來很胖。

♠ 思(おも)ったのとちょっと違(ちが)います。

o.mo.t.ta.no.to/cyo.t.to/chi.ga.i.ma.su/

和我預期的不同。

MP3 125

▶ 說明試穿特定尺寸

問 三十六号(さんじゅうろくごう)はどうですか?

sa.n.jyu.u/ro.ku.go.o.wa/do.o/de.su.ka/

你覺得36號呢?

答 きついですね。

ki.tsu.i.de.su.ne/

太緊了。

你還可以這麼說:

♠ きついと思(おも)います。

ki.tsu.i.to/o.mo.i.ma.su/

我覺得緊。

♠ 小(ちい)さすぎです。

chi.i.sa.su.gi.de.su/

這件太小了。

♠ 大(おお)きすぎです。

o.o.ki.su.gi.de.su/

它們太大了。

♠ ゆったりしすぎです。

yu.t.ta.ri/shi.su.gi.de.su/

這件對我來說太鬆了。

▶ 沒有庫存

問 このシャツは三十八号（さんじゅうはちごう）がありますか？

ko.no.sya.tsu.wa/sa.n.jyu.u/ha.chi.go.o.ga/a.ri.ma.su.ka/

這件襯衫有沒有38號？

答 ありますよ。お持（も）ちします。

a.ri.ma.su.yo/o.mo.chi.shi.ma.su/

有的，讓我拿一件給您。

對方還可以這麼說：

♠ 棚（たな）になかったら在庫（ざいこ）ないかもしれません。

ta.na.ni/na.ka.t.ta.ra/za.i.ko/na.i.ka.mo/shi.re.ma.se.n/

假如架上沒有發現，也許就沒有庫存了。

♠ ありますよ。どんな色（いろ）が宜（よろ）しいですか？ブラックとかブラウンですか？

a.ri.ma.su.yo/do.n.na/i.ro.ga/yo.ro.shi.i.de.su.ka/bu.ra.k.ku.to.ka/bu.ra.u.n.de.su.ka/

有的。您要哪一種顏色？黑色或棕色？

♠ まだ決（き）まっていません。ちょっと見（み）せてもらえますか？

ma.da/ki.ma.t.te/i.ma.se.n/cyo.t.to/mi.se.te/mo.ra.e.ma.su.ka/

我不確定。讓我看一看。

MP3 126

▶ 說明是否喜歡

問 お好(す)きですか?

o.su.ki.de.su.ka/

你喜歡嗎？

答 これが好(す)きです。

ko.re.ga/su.ki.de.su/

我喜歡這一件。

你還可以這麼說：

♠ これは好(す)きではありません。

ko.re.wa/su.ki.de.wa/a.ri.ma.se.n/

我不喜歡它們。

♠ 考(かんが)えさせてください。

ka.n.ga.e/sa.se.te/ku.da.sa.i/

我想一想。

♠ 分(わ)かりません。

wa.ka.ri.ma.se.n/

我不知道。

▶ 要求提供其他様式

問 これらだけですか？

ko.re.ra.da.ke/de.su.ka/

你們只有這些？

答 こちらはほかの色(いろ)も豊富(ほうふ)にございます。

ko.chi.ra.wa/ho.ka.no.i.ro.mo/ho.o.fu.ni/go.za.i.ma.su/

這有許多種顏色。

對方還可以這麼說：

♠ これらで全部(ぜんぶ)でございます。

ko.chi.ra.de/ze.n.bu.de/go.za.i.ma.su/

這是我們所有的了。

♠ どんなブランドが宜(よろ)しいですか？

do.n.na/bu.ra.n.do.ga/yo.ro.shi.i.de.su.ka/

您想要哪一個牌子？

♠ どんなデザインをご覧(らん)になりますか？

do.n.na/de.za.i.n.o/go.ra.n.ni/na.ri.ma.su.ka/

您想看什麼款式？

♠ これらはどうですか？

ko.re.ra.wa/do.o.de.su.ka/

這一些如何？

MP3 127

▶ 回答是否參觀其他商品

問 ほかの商品(しょうひん)をご覧(らん)になりますか？

ho.ka.no/syo.o.hi.n.o/go.ra.n.ni/na.ri.ma.su.ka/

需要我給您看一些其他商品嗎？

答 お願(ねが)いします。

o.ne.ga.i.shi.ma.su/

好啊。

你還可以這麼說：

♠ ほかの色(いろ)がありますか？

ho.ka.no.i.ro.ga/a.ri.ma.su.ka/

有沒有其他顏色？

♠ ほかのデザインのがありますか？

ho.ka.no/de.za.i.n.no.ga/a.ri.ma.su.ka/

有沒有其他款式？

♠ もう結構(けっこう)です。

mo.o/ke.k.ko.o.de.su/

不用，夠了。

▶ 特價期限

問 このセールは明日(あした)で終(お)わりますよ。

ko.no.se.e.ru.wa/a.shi.ta.de/o.wa.ri.ma.su.yo/

這個優惠明天就結束了。

答 でも、考(かんが)えさせてください。

de.mo/ka.n.ga.e/sa.se.te/ku.da.sa.i/

但是我要考慮一下。

對方還可以這麼說：

♠ セールは来週(らいしゅう)までです。

se.e.ru.wa/ra.i.syu.u.ma.de/de.su/

我們的特價只到下週。

▶ 說服購買

問 お買(か)い得(どく)です。

o.ka.i.do.ku.de.su/

很划算的。

答 はい、これにします。

ha.i/ko.re.ni/shi.ma.su/

好，我買這個。

對方還可以這麼說：

♠ これはお買い得です。
ko.re.wa/o.ka.i.do.ku.de.su/
這很划算的。

♠ これはとても安いです。
ko.rc.wa/to.tc.mo/ya.su.i.de.su/
它很便宜。

♠ お買い得です。
o.ka.i.do.ku.de.su/
很值得。

MP3 129

▶ 詢問售價

問 このセーターはお買い得ですよ。
ko.no.se.e.ta.a.wa/o.ka.i.do.ku.de.su.yo/
你知道嗎，這件毛衣真的很划算。

答 おいくらですか?
o.i.ku.ra.de.su.ka/
多少錢？

你還可以這麼說：

♠ これはおいくらですか？
ko.re.wa/o.i.ku.ra/de.su.ka/
這個要多少錢。

♠これでおいくらですか？
ko.re.de/o.i.ku.ra.de.su.ka/
這個要賣多少錢？

♠おいくらですか？
o.i.ku.ra.de.su.ka/
你說要多少錢？

♠値段(ねだん)はおいくらですか？
ne.da.n.wa/o.i.ku.ra.de.su.ka/
價錢是多少？

MP3 129

▶ 詢問特定商品的售價

問 このカメラはおいくらですか？
ko.no.ka.me.ra.wa/o.i.ku.ra/de.su.ka/
這台相機多少錢？

答 二千円(にせんえん)です。
ni.se.n.e.n.de.su/
兩千元。

對方還可以這麼說：

♠二千円(にせんえん)です。
ni.se.n.e.n.de.su/
賣兩千元。

♠税込みで　2250　円です。

ze.i.ko.mi.de/ni.se.n.ni.hya.ku/go.jyu.e.n.de.su/

含稅價是兩千兩百五十元。

MP3 130

▶ 購買二件以上的價格

問 全部でおいくらですか？

ze.n.bu.de/o.i.ku.ra.de.su.ka/

總共多少錢？

答 たったの２５０円です。

ta.t.ta.no/ni.hya.ku.go.jyu.u.e.n.de.su/

只要二百五十元。

你還可以這麼說：

♠おいくらですか？

o.i.ku.ra/de.su.ka/

我應該付多少錢？

♠これとあれでおいくらですか？

ko.re.to/a.re.de/o.i.ku.ra.de.su.ka/

這一件和那一件我應該付多少錢？

♠アレを買えば安くしていただけますか？

a.re.o/ka.e.ba/ya.su.ku.shi.te/i.ta.da.ke/ma.su.ka/

如果我買那個，你可以算便宜一點嗎？

▶ 含稅價

問 税込みで七千円です。

ze.i.ko.mi.de/na.na.se.n.e.n.de.su/

它含稅要七千元。

答 そんなに高いんですか?

so.n.na.ni/ta.ka.i.n.su.ka/

這麼貴?

你還可以這麼說:

♠ 買えません。

ka.e.ma.se.n/

我付不起。

♠ 外国人でしたら税金が戻りますか?

ga.i.ko.ku.ji.n.de.shi.ta.ra/ze.i.ki.n.ga/mo.do.ri.ma.su.ka/

外國人可以退稅嗎?

♠ 税抜きの場合はおいくらですか?

ze.i.nu.ki.no.ba.a.i.wa/o.i.ku.ra/de.su.ka/

不含稅是多少錢呢?

MP3 131

▶ 購物幣值

問 台湾（たいわん）ドルで買（か）えますか?

ta.i.wa.n.do.ru.de/ka.e.ma.su.ka/

我可以用新台幣買嗎？

答 恐（おそ）らくだめですね。

o.so.ra.ku/da.me.de.su.ne/

恐怕不行。

對方還可以這麼說：

♠ はい。台湾（たいわん）ドルでも大丈夫（だいじょうぶ）です。

ha.i/ta.i.wa.n.do.ru.de.mo/da.i.jyo.o.bu.de.su/

可以的。我們接受台幣。

♠ 台湾（たいわん）ドルで買（か）えます。

ta.i.wa.n.do.ru.de/ka.e.ma.su/

您可以使用台幣購買。

MP3 131

▶ 討價還價

問 この価格（かかく）はいかがですか?

ko.no/ka.ka.ku.wa/i.ka.ga.de.su.ka/

你覺得價格如何？

答 高（たか）すぎです。

ta.ka.su.gi.de.su/

它太貴了。

你還可以這麼說：

♠ 値引（ねび）きできますか？
ne.bi.ki.de.ki.ma.su.ka/
你認為可以給我個折扣嗎？

♠ ディスカウントがありますか？
di.su.ka.u.n.to.ga/a.ri.ma.su.ka/
有沒有折扣？

♠ ディスカウントをしていただけますか？
di.su.ka.u.n.to.o/shi.te/i.ta.da.ke/ma.su.ka/
你可以給我折扣嗎？

♠ 安（やす）くしていただけますか？
ya.su.ku.shi.te/i.ta.da.ke/ma.su.ka/
可以算便宜一點嗎？

MP3 132

▶ 特定價格的討價還價

問 安（やす）くしていただけますか？
ya.su.ku.shi.te/i.ta.da.ke/ma.su.ka/
可以算便宜一點的嗎？

答 おいくらをご希望（きぼう）ですか？
o.i.ku.ra.o/go.ki.bo.o.de.su.ka/
你想要多少錢？

你還可以這麼說：

♠ 二百円安くしていただけますか？（にひゃくえんやす）
ni.hya.ku.e.n/ya.su.ku.shi.te/i.ta.da.ke/ma.su.ka/
可以便宜兩百元嗎？

♠ 1割引していただけますか？（いちわりびき）
i.chi.wa.ri.bi.ki.shi.te/i.ta.da.ke/ma.su.ka/
你能給我九折嗎？

♠ 五千円でいいですか？（ごせんえん）
go.se.n.e.n.de/i.i.de.su.ka/
可以算五千元嗎？

MP3 132

▶ 購買多件的討價還價

問 セーターを二枚買ったらディスカウントをしていただけますか？（にまいか）
se.e.ta.a.o/ni.ma.i.ka.t.ta.ra/di.su.ka.u.to.o/shi.te/i.ta.da.ke/ma.su.ka/
如果我買兩件毛衣，你可以給我折扣嗎？

答 では現金でお支払いください。（げんきん）（しはら）
de.wa/ge.n.ki.n.de/o.shi.ha.ra.i/ku.da.sa.i/
可是你要付現金。

你還可以這麼說：

♠ 二枚買ったら値引きしてもらえますか？

ni.ma.i.ka.t.ta.ra/ne.bi.ki.shi.te/mo.ra.e.ma.su.ka/

買兩件可以有折扣吧？

♠ 三枚買ったら五百円安くしてもらえますか？

sa.n.ma.i//ka.t.ta.ra/go.hya.ku.e.n/ya.su.ku.shi.te/mo.ra.e.ma.su.ka/

買三件可以便宜五百元嗎？

♠ 二枚で1割引ですか？

ni.ma.i.de/i.chi.wa.ri.bi.ki.de.su.ka/

買兩件打九折嗎？

MP3 133

▶ 最後底線的報價

問 ディスカウントがありますか？

di.su.ka.u.n.to.ga/a.ri.ma.su.ka/

沒有折扣？

答 1割引でどうですか？私が出せる最低価格です。

i.chi.wa.ri.bi.ki.de/do.o.de.su.ka/wa.ta.shi.ga/da.se.ru/sa.i.te.i.ka.ka.ku.de.su/

打九折如何？這是我能提供最優惠的價格了。

你還可以這麼說：

♠ 恐(おそ)らくだめですが。

o.so.ra.ku/da.me.de.su.ga/

恐怕不行。

♠ ご予算(よさん)はおいくらですか？

go.yo.sa.n.wa/o.i.ku.ra.de.su.ka/

你心裡預算多少錢？

MP3 133

▶ 決定購買

問 お買(か)い上(あ)げですか?

o.ka.i.a.ge.de.su.ka/

您要買嗎？

答 これにします。

ko.re.ni/shi.ma.su/

我要買這一件。

你還可以這麼說：

♠ これを買(か)います。

ko.re.o/ka.i.ma.su/

我要買這一件。

♠ これにします。

ko.re.ni/shi.ma.su/

我要買這一件。

♠ 二枚とも買います。

ni.ma.i.to.mo/ka.i.ma.su/

我兩件都要。

♠ この二枚を買います。

ko.no.ni.ma.i.o/ka.i.ma.su/

我要買這兩件。

MP3 134

▶ 不考慮購買

問 お買い上げになりますか？

o.ka.i.a.ge.ni/na.ri.ma.su.ka/

您要買嗎？

答 いいえ。今回は買いません。

i.i.e/ko.n.ka.i.wa/ka.i.ma.se.n/

不要，我這次不買。

你還可以這麼說：

♠ 今回は結構です。

ko.n.ka.i.wa/ke.k.ko.o.de.su/

這次先不要（買）。

♠ 今度買います。

ko.n.do/ka.i.ma.su/

下次買好了。

MP3 134

▶ 付款方式

問 お支払い方法は？（しはら／ほうほう）

o.shi.ha.ra.i.ho.o.ho.o.wa/

您要用什麼方式付款？

答 現金で。（げんきん）

ge.n.ki.n.de/

用現金。

你還可以這麼說：

♠ クレジットカードで。

ku.re.ji.t.to/ka.a.do.de/

我要用信用卡付款。

♠ 現金でお支払いします。（げんきん／しはら）

ge.n.ki.n.de/o.shi.ha.ra.i/shi.ma.su/

我要付現。

♠ トラベラーズチェックで。

to.ra.be.ra.a.zu.cye.k.ku.de/

用旅行支票(付款)。

MP3 135

▶ 詢問付款方式

問 クレジットカードが使(つか)えますか？

ku.re.ji.t.to/ka.a.do.ga/tsu.ka.e.ma.su.ka/

你們接受信用卡付款嗎？

答 お使(つか)いいただけます。

o.tsu.ka.i/i.ta.da.ke.ma.su/

是的，我們接受。

答 申(もう)し訳(わけ)ありません。現金(げんきん)のみです。

mo.o.shi.wa.ke/a.ri.ma.se.n/ge.n.ki.no.mi.de.su/

抱歉，我們只收現金。

你還可以這麼說：

♠ ＶＩＳＡ(ビザ)カードを使(つか)えますか？

bi.za.ka.a.do.o/tsu.ka.c.ma.su.ka/

我可以用VISA卡嗎？

♠ マスターカードを使(つか)えますか？

ma.su.ta.a.ka.a.do.o/tsu.ka.e.ma.su.ka/

你們接受萬事達卡嗎？

MP3 135

▶ 要求包裝

問 包(つつ)んでいただけますか?

tsu.tsu.n.de/i.ta.da.ke.ma.su.ka/

你能幫我打包嗎？

答 はい。少々(しょうしょう)お待(ま)ちください。

ha.i/syo.o.syo.o/o.ma.chi/ku.da.sa.i/

好的。能請您稍等一下嗎？

你還可以這麼說：

♠ プレゼントなので包(つつ)んでいただけますか？

pu.re.ze.n.to.na.no.de/tsu.tsu.n.de/i.ta.da.ke/ma.su.ka/

這是禮物，可以幫我包裝嗎？

♠ あれらを箱(はこ)に入(い)れていただけますか？

a.re.ra.o/ha.ko.ni/i.re.te/i.ta.da.ke/ma.su.ka/

可以把他們放進盒子裡嗎？

♠ リボンつけてもらえますか？

ri.bo.n.tsu.ke.te/mo.ra.e.ma.su.ka/

盒子上可以繫緞帶嗎？

▶ 禮品包裝

問 プレゼントなので包(つつ)んでいただけますか？

pu.re.ze.n.to.na.no.de/tsu.tsu.n.de/i.ta.da.ke/ma.su.ka/

你能幫我打包成禮品嗎？

答 もちろんです。お客様(きゃくさま)。

mo.chi.ro.n.de.su/o.kya.ku.sa.ma/

當然可以，先生。

對方還可以這麼說：

♠ ラッピングサービスはございません。

ra.p.pi.n.gu.sa.a.bi.su.wa/go.za.i.ma.se.n/

抱歉，但是我們沒有禮品包裝服務。

♠ はい。レッドとグリーンの箱(はこ)がありますので、どちらにしますか？

ha.i/re.d.do.to/gu.ri.i.n.no/ha.ko.ga/a.ri.ma.su.no.de/do.chi.ra.ni/shi.ma.su.ka/

好的，有紅色跟綠色禮盒，請問您要哪一種？

MP3 136

▶ 其他相關問題

♠ 直(なお)しは無料(むりょう)ですか？

na.o.shi.wa/mu.ryo.o.de.su.ka/

你們有免費修改嗎？

♠ ズボンの長(なが)さを直(なお)せますか？

zu.bo.n.no/na.ga.sa.o/na.o.se.ma.su.ka/

你能修改褲子長度嗎？

♠ 好(す)きでない場合(ばあい)、取(と)り替(か)えていただけますか？

su.ki.de.wana.i.ba.a.i/to.ri.ka.e.te/i.ta.da.ke/ma.su.ka/

如果我不喜歡能換嗎？

♠ 領収書(りょうしゅうしょ)をいただけますか？

ryo.o.syu.u.syo.o/i.ta.da.ke/ma.su.ka/

可以給我收據嗎？

♠ お釣(つ)りが違(ちが)いますよ。

o.tsu.ri.ga/chi.ga.i.ma.su.yo/

你沒找對錢。

♠ このカメラは問題(もんだい)があります。取(と)り替(か)えていただけますか？

ko.no.ka.me.ra.wa/mo.n.da.i.ga/a.ri.ma.su/to.ri.ka.e.te/i.ta.da.ke/ma.su.ka/

這台相機有問題。我可以換一台嗎？

♠ 返品（へんぴん）したいんですが。これはレシートです。
he.n.pi.n.shi.ta.i.n.de.su.ga/ko.re.wa/re.shi.i.to.de.su/
我想要退貨。這是收據。

♠ ほかのブランドのと取（と）り替（か）えられますか？
ho.ka.no/bu.ra.n.do.no.to/to.ri.ka.e/ra.re.ma.su.ka/
我可以換另一個牌子嗎？

♠ 返金（へんきん）できますか？
he.n.ki.n.de.ki.ma.su.ka/
我能退錢嗎？

♠ 税金（ぜいきん）の払（はら）い戻（もど）しができますか？
ze.i.ki.n.no/ha.ra.i.mo.do.shi.ga/de.ki.ma.su.ka/
我能退稅嗎？

♠ サイズを換（か）えられますか？
sa.i.zu.o/ka.e.ra.re.ma.su.ka/
可以更換尺寸嗎？

♠ 同（おな）じ価格（かかく）の商品（しょうひん）に換（か）えられますか？
o.na.ji/ka.ka.ku.no/syo.o.hi.n.ni/ka.e.ra.re.ma.su.ka/
可以換同價商品嗎？

Unit 6

搭乘交通工具

▶ 計程車招呼站

問 どこでタクシーに乗(の)れますか?

do.ko.de/ta.ku.shi.i.ni/no.re.ma.su.ka/

我可以在哪裡招到計程車？

答 タクシー乗(の)り場(ば)はあの角(かど)にあります。

ta.ku.shi.i.no.ri.ba.wa/a.no.ka.do.ni/a.ri.ma.su/

計程車招呼站就在街角。

對方還可以這麼說：

♠ 左(ひだり)に曲(ま)がるとタクシー乗(の)り場(ば)が見(み)えます。

hi.ta.ri.ni/ma.ga.ru.to/ta.ku.shi.i.no.ri.ba.ga/mi.e.ma.su/

左轉你就會看到計程車招呼站。

♠ 最初(さいしょ)の角(かど)を右(みぎ)に曲(ま)がります。

sa.i.syo.no/ka.do.o/mi.gi.ni/ma.ga.ri.ma.su/

在第一個轉彎處右轉。

♠ タクシー乗(の)り場(ば)は前(まえ)にあります。

ta.ku.shi.i/no.ri.ba.wa/ma.e.ni/a.ri.ma.su/

計程車招呼站就在前方。

MP3 139

▶ 搭計程車說明目的地

問 どこに行（い）きますか？

do.ko.ni/i.ki.ma.su.ka/

您要去哪裡？

答 市役所（しやくしょ）に行（い）ってください。

shi.ya.ku.syo.ni/i.t.te/ku.da.sa.i/

請到市府廳。

你還可以這麼說：

♠ あそこに行（い）っていただけますか？

a.so.ko.ni/i.t.te/i.ta.da.ke/ma.su.ka/

你能不能載我去那邊？

♠ この住所（じゅうしょ）に行（い）ってください。

ko.no.jyu.u.syo..ni/i.t.te/ku.da.sa.i/

請載我到這個地址。

♠ 京王（けいおう）ホテルまで行（い）ってください。

ke.i.o.o.ho.te.ru.ma.de/i.t.te/ku.da.sa.i/

請載我到京王飯店。

▶ 車程有多遠

♠ ここからどのくらいかかりますか？

ko.ko.ka.ra.do.no.ku.ra.i/ka.ka.ri.ma.su.ka/

從這裏過去有多遠？

♠ 約五（やくご）キロあります。

ya.ku/go.ki.ro/a.ri.ma.su/

大約有五公里。

MP3 139

▶ 搭計程車花費的時間

問 どのくらいかかりますか？

do.no.ku.ra.i/ka.ka.ri.ma.su.ka/

需要多久的時間？

答 約三十分（やくさんじゅっぷん）です。

ya.ku/sa.n.jyu.p.pu.n.de.su/

大約卅分鐘。

你還可以這麼說：

♠ あそこに行（い）くのにどのくらいかかりますか？

a.so.ko.ni/i.ku.no.ni/do.no.ku.ra.i/ka.ka.ri.ma.su.ka/

到哪裡要多久的時間？

MP3 140

▶ 儘速抵達

問 三十分以内に行っていただけますか？

sa.n.jyu.p.pu.n/i.na.i.ni/i.t.te/i.ta.da.ke/ma.su.ka/

你可以在三十分鐘內送我到嗎？

答 はい。

ha.i/

是的，先生。

你還可以這麼說：

♠ 急いで行けませんか？

i.so.i.de/i.ke.ma.se.n.ka/

你能開快一點嗎？

♠ 五時前に到着しなければいけません。

go.ji.ma.e.ni/to.o.cya.ku/shi.na.ke.re.ba/i.ke.ma.se.n/

我要在五點前到那裡。

♠ 五時前に着けますか？

go.ji.ma.e.ni/tsu.ke.ma.su.ka/

我五點前到得了那裡嗎？

♠ 十分以内にソニーに着けますか？

jyu.p.pu.n.i.na.i.ni/so.ni.i.ni/tsu.ke.ma.su.ka/

十分鐘內可以到達索尼公司嗎？

▶ 要下車

問 信号（しんごう）のところで降（お）ろしてください。

shi.n.go.o.no.to.ko.ro.de/o.ro.shi.te/ku.da.sa.i/

讓我在紅綠燈處下車。

答 はい。

ha.i/

好的，先生。

你還可以這麼說：

♠ 三番目（さんばんめ）のビルの前（まえ）で降（お）ろしてください。

sa.n.ba.n.me.no/bi.ru.no.ma.e.do/o.ro.shi.te/ku.da.sa.i/

讓我在第三棟大樓(前)下車。

♠ 前（まえ）の交差点（こうさてん）で降（お）ろしてください。

ma.e.no/ko.o.sa.te.n.de/o.ro.shi.te/ku.da.sa.i/

在前方的十字路口讓我下車。

♠ 前（まえ）の右（みぎ）の角（かど）に停（と）まってください。

ma.e.no/mi.gi.no.ka.do.ni/to.ma.t.te/ku.da.sa.i/

請在右前方轉角處停車。

MP3 141

▶ 抵達目的地

問 着(つ)きました。

tsu.ki.ma.shi.ta/

到了。

答 ここは横浜駅(よこはまえき)ですか?

ko.ko.wa/yo.ko.ha.ma/e.ki.de.su.ka/

這是橫濱車站嗎？

你還可以這麼說：

♠ ここは国際展覧館(こくさいてんらんかん)ですか？

ko.ko.wa/ko.ku.sa.i/te.n.ra.n.ka.n.de.su.ka/

這裡是國際展覽館嗎？

MP3 141

▶ 計程車資

問 料金(りょうきん)はおいくらですか?

ryo.o.ki.n.wa/o.i.ku.ra/de.su.ka/

車資是多少？

答 1200円(せんにひゃくえん)です。

se.n.ni.hya.ku.e.n.de.su/

一千兩百元。

▶ 不用找零錢

問 1200円(せんにひゃくえん)です。

se.n.ni.hya.ku.e.n.de.su/

總共一千兩百元。

答 はい。お釣(つ)りはいいです。

ha.i/o.tsu.ri.wa/i.i.de.su/

錢在這裡。零錢不用找了。

MP3 141

▶ 公車總站在哪裡

問 バスターミナルはどこですか?

ba.su.ta.a.mi.na.ru.wa/do.ko.de.su.ka/

公車總站在哪裡？

答 交差点(こうさてん)を三(みっ)つ過(す)ぎれば見(み)えます。

ko.o.sa.te.n.o/mi.t.tsu.su.gi.re.ba/mi.e.ma.su/

直走三個街口，你就會看到。

對方還可以這麼說：

♠ 前(まえ)の交差点(こうさてん)を過(す)ぎると、右(みぎ)にあります。

ma.e.no/ko.o.sa.te.n.o/su.gi.ru.to/mi.gi.ni/a.ri.ma.su/

過了前方路口就在右手邊。

MP3 142

▶ 搭公車的站數

問 新宿は何番目の駅ですか?

shi.n.jyu.ku.wa/na.n.ba.n.me.no/e.ki.de.su.ka/

新宿是第幾個站？

答 六つ目の駅です。

mu.t.tsu.me.no/e.ki.de.su/

那是第六個站。

你還可以這麼說：

♠ ここから池袋まで駅はいくつありますか？

ko.ko.ka.ra/i.ke.bu.ku.ro.ma.de/e.ki.wa/i.ku.tsu.a.ri.ma.su.ka/

從這裡到池袋要幾站？

♠ 池袋から銀座まで行く場合、乗換えが必要ですか？

i.ke.bu.ku.ro.ka.ra/gi.n.za.ma.de/i.ku.ba.a.i/no.ri.ka.e.ga/hi.tsu.yo.o.de.su.ka/

從池袋到銀座需要換車嗎？

▶ 搭哪一路公車

問 横浜(よこはま)に行(い)くバスは何番(なんばん)ですか？

yo.ko.ha.ma.ni/i.ku.ba.su.wa/na.n.ba.n.de.su.ka/

我應該搭哪一部公車去橫濱？

答 265番(にろくごばん)とか705番(ななゼロごばん)です。

ni.ro.ku.go.ba.n.to.ka/na.na.ze.ro.go.ba.n.de.su/

你可以搭265或705(公車)。

對方還可以這麼說：

♠ 赤線(あかせん)の306番(さんぜろろくばん)のバスに乗(の)ってください。

a.ka.se.n/sa.n.no/ze.ro.ro.ku.ba.n.no/ba.su.ni/no.t.te.ku.da.sa.i/

搭紅線306號公車。

♠ 502番(ごぜろにばん)のバスに乗(の)って、品川(しながわ)で624番(ろくによんばん)のバスに乗(の)り換(か)えれば、横浜(よこはま)に行(い)けます。

go.ze.ro.ni.ba.n.no/ba.su.ni/no.t.te/shi.na.ga.wa.de/ro.ku.ni.yo.n.ba.n.no/ba.su.ni/no.ri.ka.e.re.ba/yo.ko.ha.ma.ni/i.ke.ma.su/

先搭502號公車到品川後，換搭624到橫濱。

MP3 143

▶ 詢問公車路線

問 このバスは市役所(しやくしょ)に行(い)きますか?

ko.no.ba.su.wa/shi.ya.ku.syo.ni/i.ki.ma.su.ka/

這部公車有到市府廳嗎？

答 はい。市役所(しやくしょ)に行(い)きます。

ha.i/shi.ya.ku.syo.ni/i.ki.ma.su/

有的，有到市府廳。

你還可以這麼說：

♠ このバスは東京駅(とうきょうえき)に行(い)きますか？

ko.no.ba.su.wa/to.o.kyo.o.e.ki.ni/i.ki.ma.su.ka/

這班公車有到東京車站嗎？

♠ これは東京駅(とうきょうえき)に行(い)くバスですか？

ko.re.wa/to.o.kyo.o.e.ki.ni/i.ku.ba.su.de.su.ka/

這是去東京車站的公車嗎？

♠ 東京駅(とうきょうえき)に着(つ)いたらバスに乗(の)り換(か)えますか？

to.o.kyo.o.e.ki.ni/tsu.i.ta.ra/ba.su.ni/no.ri.ka.e.na.ke.
re.ba/i.ke.ma.se.n.ka/

到東京車站後需要換搭公車嗎？

▶ 公車行經路線

問 このバスは東京駅(とうきょうえき)に停(と)まりますか？

ko.no.ba.su.wa/to.o.kyo.o.e.ki.ni/to.ma.ri.ma.su.ka/

這班公車有在東京車站停嗎？

答 いいえ。このバスは秋葉原(あきはばら)までしか行(い)きません。

i.i.e/ko.no.ba.su.wa/a.ki.ha.ba.ra.ma.de.shi.ka/i.ki.ma.se.n/

沒有。這班公車只到秋葉原。

你還可以這麼說：

♠ このバスから市役所(しやくしょ)に行(い)けますか？

ko.no.ba.su.ka.ra/shi.ya.ku.syo.ni/i.ke.ma.su.ka/

這個站牌有(車)到市府廳嗎？

♠ このバスは市役所(しやくしょ)に停(と)まりますか？

ko.no.ba.su.wa/shi.ya.ku.syo.ni/to.ma.ri.ma.su.ka/

這部公車有停在市府廳嗎？

♠ このバスは市役所(しやくしょ)を通(とお)ってから新宿駅(しんじゅくえき)に着(つ)きますか？

ko.no.ba.su.wa/shi.ya.ku.syo.o/to.o.t.te.ka.ra/shi.n.jyu.ku.e.ki.ni/tsu.ki.ma.su.ka/

這班公車會經過市府廳，然後抵達新宿站嗎？

MP3 144

▶ 何處買公車票

問 どこでチケットを買(か)えますか?

do.ko.de/chi.ke.t.to.o/ka.e.ma.su.ka/

哪裡可以買車票?

答 あの角(かど)にあります。

a.no.ka.do.ni/a.ri.ma.su/

就在那個角落。

你還可以這麼說:

♠ どこで横浜(よこはま)行(ゆ)きのチケットを買(か)えますか?

do.ko.de/yo.ko.ha.ma.yu.ki.no/chi.ke.t.to.o/ka.e.ma.su.ka/

哪裡可以買到橫濱的車票?

MP3 144

▶ 發車的頻率

問 バスはどのくらいで来(き)ますか?

ba.su.wa/do.no.ku.ra.i.de/ki.ma.su.ka/

公車多久來一班?

答 約十分(やくじゅっぷん)です。

ya.ku/jyu.p.pu.n.de.su/

大約十分鐘。

▶ 什麼時候開車

問 バスはいつ出発(しゅっぱつ)しますか？

ba.su.wa/i.tsu/syu.p.pa.tsu/shi.ma.su.ka/

公車什麼時候開？

答 九時(くじ)に出発(しゅっぱつ)します。

ku.ji.ni/syu.p.pa.tsu/shi.ma.su/

九點就開車了。

你還可以這麼說：

♠ 次(つぎ)の横浜(よこはま)行(ゆ)きのバスはいつですか？

tsu.gi.no/yo.ko.ha.ma.yu.ki.no/ba.su.wa/i.tsu.de.su.ka/

下一班到橫濱的公車是什麼時候？

♠ バスはどのくらいの間隔(かんかく)で発車(はっしゃ)しますか？

ba.su.wa/do.no.ku.ra.i.no.ka.n.ka.ku.de/ha.s.sya/shi.ma.su.ka/

公車每隔多久發一次車？

MP3 145

▶ 詢問車資

問 料金(りょうきん)はおいくらですか？

ryo.o.ki.n.wa/o.i.ku.ra/de.su.ka/

車資是多少？

ひとりさんびゃくえん
答 一人三百円です。

hi.to.ri/sa.n.bya.ku.e.n.de.su/

一個人要三百元。

你還可以這麼說：

おうふくわりびき
♠ 往復割引がありますか？

o.o.fu.ku.wa.ri.bi.ki.ga/a.ri.ma.su.ka/

來回票是多少錢？

おうふく　か　やす
♠ 往復チケットを買ったらもっと安いですか？

o.o.fu.ku/chi.ke.t.to.o/ka.t.ta.ra/mo.t.to/ya.su.i.de.su.ka/

買來回票會比較便宜嗎？

さんびゃくえん　かたみち　いちまい
♠ 三百円の片道チケットを一枚ください。

sa.n.bya.ku.e.n.no/ka.ta.mi.chi/chi.ke.t.to.o/i.chi.ma.i/ku.da.sa.i/

請給我一張三百元的單程票。

MP3 145

▶ 買公車票

よこはまゆ　きっぷ　いちまい
問 横浜行きの切符を一枚ください。

yo.ko.ha.ma.yu.ki.no/ki.p.pu.o/i.chi.ma.i/ku.da.sa.i/

我要買一張到橫濱的車票。

さんびゃくえん
答 三百円です。

sa.n.bya.ku.e.n.de.su/

三百元。

你還可以這麼說：

♠ 横浜行きの片道切符/往復切符を一枚ください。

yo.ko.ha.ma.yu.ki.no/ka.ta.mi.chi/ki.p.pu/o.o.fu.ku/ki.p.pu.o/i.chi.ma.i/ku.da.sa.i/

一張到橫濱的單程/來回票。

♠ 横浜行き の 切符を 大人 一枚と 子供 一枚く だ さ い。

yo.ko.ha.ma.yu.ki.no/ki.p.pu.o/o.to.na/i.chi.ma.i.to/ko.do.mo.chi.ma.i/ku.da.sa.i/

請給我一張大人一張小孩到橫濱的票。

♠ 横浜行きの切符を二枚ください。大人です。

yo.ko.ha.ma.yu.ki.no/ki.p.pu.o/ni.ma.i/ku.da.sa.i/o.to.na.de.su/

兩張到橫濱的票，要成人票。

MP3 146

▶ 搭公車的車程

問 どのくらいの時間がかかりますか?

do.no.ku.ra.i.no/ji.ka.n.ga/ka.ka.ri.ma.su.ka/

這一趟車程要多久?

答 二十分かかります。

ni.jyu.p.pu.n/ka.ka.ri.ma.su/

大要需要二十分鐘。

你還可以這麼說：

♠ 乗る時間は長いですか？

no.ru.ji.ka.n.wa/na.ga.i.de.su.ka/

車程要很長的時間嗎？

♠ あそこに行くのにどのくらいかかりますか？

a.so.ko.ni/i.ku.no.ni/do.no.ku.ra.i/ka.ka.ri.ma.su.ka/

到那裡要多久的時間？

♠ バスに乗る時間はどのくらいですか？

ba.su.ni/no.ru.ji.ka.n.wa/do.no.ku.ra.i/de.su.ka/

坐公車要多久的時間？

MP3 146

▶ 在哪一站下車

問 どこで降りればいいですか？

do.ko.de/o.ri.re.ba/i.i.de.su.ka/

我應該哪一站下車？

答 明治神宮で降りてください。

me.i.ji.ji.n.gu.u.de/o.ri.te/ku.da.sa.i/

你應該在明治神宮下車。

你還可以這麼說：

♠ どこで降りればいいですか？

do.ko.de/o.ri.re.ba/i.i.de.su.ka/

我要在哪裡下車？

♠ 横浜に行く場合、どこで降りればいいですか？

yo.ko.ha.ma.ni/i.ku.ba.a.i/do.ko.de/o.ri.re.ba/i.i.de.su.ka/

到橫濱我要在哪裡下車？

♠ 中華街の入り口で降ります。

cyu.u.ka.ga.i.no/i.ri.gu.chi.de/o.ri.ma.su/

我要在中華街入口下車。

MP3 147

▶ 到站的時間預估

♠ いつ横浜に着きますか？

i.tsu/yo.ko.ha.ma.ni/tsu.ki.ma.su.ka/

我什麼時候可以到橫濱？

♠ 大体午後五時です。

da.i.ta.i/go.go/go.ji.de.su/

大概下午五點鐘。

MP3 147

▶ 請求到站告知

問 着いたら教えていただけますか？

tsu.i.ta.ra/o.shi.e.te/i.ta.da.ke.ma.su.ka/

我們到達時可否告訴我一聲？

答 いいですよ。

i.i.de.su.yo/

當然好。

你還可以這麼說：

♠ どこで降(お)りるか教(おし)えてください。

do.ko.de/o.ri.ru.ka/o.shi.e.te/ku.da.sa.i/

請告訴我何時要下車。

MP3 147

▶ 搭公車要求下車

問 ここで降(お)ります。

ko.ko.de/o.ri.ma.su/

我要在這裡下車。

答 分(わ)かりました。

wa.ka.ri.ma.shi.ta/

好的。

MP3 147

▶ 如何搭火車

♠ どこで電車(でんしゃ)に乗(の)れますか？

do.ko.de/de.n.sya.ni/no.re.ma.su.ka/

可以在哪裡搭電車？

♠ 横浜は電車でどう行きますか？

yo.ko.ha.ma.wa/de.n.sya.de/do.o/i.ki.ma.su.ka/

我要如何搭電車去橫濱？

♠ 電車の駅はどこですか？

de.n.sya.no.e.ki.wa/do.ko.de.su.ka/

火車站在哪裡？

♠ 切符売り場で切符を買ってください。

ki.ppu.u.ri.ba.de/ki.p.pu.o/ka.t.te/ku.da.sa.i/

請在售票站買票。

MP3 148

▶ 搭哪一部列車

問 横浜行きは何線ですか?

yo.ko.ha.ma.yu.ki.wa/na.ni.se.n.de.su.ka/

我應該搭哪一線去橫濱？

答 あそこの地下鉄路線図で調べられます。

a.so.ko.no/chi.ka.te.tsu/ru.se.n.zu.de/shi.ra.be.ra.re.ma.su/

你可以查那裡的地鐵圖。

你還可以這麼說：

♠ 横浜に行く場合、どの電車に乗ればいいですか？

yo.ko.ha.ma.ni/i.ku.ba.a.i/do.no.de.n.sya.ni.no.re.ba/i.i.de.su.ka/

我要去橫濱應該搭哪一列車？

♠ どの電車が横浜に行きますか？

do.no/de.n.sya.ga/yo.ko.ha.ma.ni/i.ki.ma.su.ka/

哪一班車廂到橫濱？

♠ 上野動物園に行くのはこの路線ですか？

u.e.no/do.o.bu.tsu.e.n.ni/i.ku.no.wa/ko.no.ro.se.n/de.su.ka/

去上野動物園是這條路線嗎？

MP3 148

▶ 在哪一個月台

問 どちらのホームですか？

do.chi.ra.no/ho.o.mu.de.su.ka/

在哪一個月台？

答 6番ホームです。

ro.ku.ba.n/ho.o.mu.de.su/

第六月台

你還可以這麼說：

♠ このホームは横浜行きのですか？

ko.no/ho.o.mu.wa/yo.ko.wa.ma.yu.ki.no/de.su.ka/

這是出發到橫濱的月台嗎？

♠ 東京行きは2番ホームで待てばいいですか？

to.o.kyo.o.yu.ki.wa/ni.ba.n.ho.o.mu.de/ma.te.ba/i.i.de.su.ka/

去東京車站在第二月台等對嗎？

♠ 埼玉県に行くのは何番ホームですか？

sa.i.ta.ma.ke.n.ni/i.ku.no.wa/na.n.ba.n.ho.o.mu/de.su.ka/

哪一個月台是往埼玉縣的？

MP3 149

▶ 在何處轉車

問 横浜に行く場合どこで乗り換えますか？

yo.ko.ha.ma.ni/i.ku.ba.a.i/do.ko.de/no.ri.ka.e.ma.su.ka/

我要到哪裡轉車到橫濱？

答 品川駅で降り、横須賀線に乗り換えれば横浜に行けます。

shi.na.ga.wa.e.ki.de/o.ri/yo.ko.su.ka.se.n.ni/no.ri.ka.e.re.ba//yo.ko.ha.ma.ni/i.ke.ma.su/

當你到達品川車站後下車，轉搭橫須賀線到橫濱。

你還可以這麼說：

♠ 横浜に行く場合どこで乗り換えますか？

yo.ko.ha.ma.ni/i.ku.ba.a.i/do.ko.de/no.ri.ka.e.ma.su.ka/

去橫濱要去哪裡換車？

♠ どの電車に乗り換えますか？

do.no.de.n.sya.ni/no.ri.ka.e.ma.su.ka/

我要換哪一部車？

♠ ここで乗り換えますか？
ko.ko.de/no.ri.ka.e.ma.su.ka/
在這站換車嗎？

MP3 149

▶ 在車站內迷路

問 どの方向ですか？
do.no.ho.o.ko.o.de.su.ka/
我應該走哪個方向？

答 階段を降りてください。
ka.i.da.n.o/o.ri.te/ku.da.sa.i/
走樓梯下去。

對方還可以這麼說：

♠ 階段を降りればいいです。
ka.i.da.n.do/o.ri.re.ba/i.i.de.su/
只要走下樓梯就可以。

♠ エスカレーターに乗ってください。
e.su.ka.re.e.ta.a.ni/no.t.te/ku.da.sa.i/
去搭手扶電梯。

♠ あそこを右に曲がれば着きます。
a.so.ko.o/mi.gi.ni/ma.ga.re.ba/tsu.ki.ma.su/
從那邊向右轉就到了。

MP3 150

▶ 在何處下車

♠ 横浜に行く場合どこで降りますか？

yo.ko.ha.ma.ni/i.ku.ba.a.i/do.ko.de/o.ri.ma.su.ka/

到橫濱要在哪裡下車？

♠ ディズニーランドに行く場合舞浜で降ります。

di.zu.ni.i.ra.n.do.ni/i.ku.ba.a.i/ma.i.ha.ma.de/o.ri.ma.su/

去迪士尼樂園要在舞濱下車。

♠ 蕨に行く場合赤羽駅で降りますか？

wa.ra.bi.ni/i.ku.ba.a.i/a.ka.ba.ne.e.ki.de/o.ri.ma.su.ka/

到蕨要在赤羽站下車嗎？

MP3 150

▶ 租車訊息

問 レンタカーの情報をいただきたいのですが。

re.n.ta.ka.a.no/jyo.o.ho.o.o/i.ta.da.ki.ta.i.no/de.su.ga/

我要知道一些租車的資訊。

答 何を知りたいですか?

na.ni.o/shi.ri.ta.i.de.su.ka/

您想要知道什麼？

MP3 150

▶ 租車費用

問 レンタカーの料金(りょうきん)はおいくらですか?

re.n.ta.ka.a.no/ryo.o.ki.n.wa/o.i.ku.ra/de.su.ka/

租一輛車要多少錢?

答 一日千五百円(いちにちせんごひゃくえん)です。

i.chi.ni.chi/se.n.go.hya.ku.e.n.de.su/

每天的租金是一千五百元。

對方還可以這麼說:

♠レンタカーの料金(りょうきん)はおいくらですか?

re.n.ta.ka.a.no/ryo.o.ki.n.wa/o.i.ku.ra/de.su.ka/

租用一輛車需要多少錢?

♠RV車(アールブイしゃ)を借(か)りたらおいくらですか?

a.a.ru.bu.i.sya.o/ka.ri.ta.ra/o.i.ku.ra/de.su.ka/

如果我租一輛休旅車要多少錢?

♠二日(ふつか)借(か)りる場合(ばあい)料金(りょうきん)はどう計算(けいさん)しますか?

fu.tsu.ka/ka.ri.ru.ba.a.i/ryo.o.ki.n.wa/do.o/ke.i.sa.n.shi.ma.su.ka/

租兩天的話費用怎麼算?

▶ 租特定廠牌的車的費用

♠ トヨタの車を一週間借りる場合の料金はおいくらですか？

to.yo.ta.no.ku.ru.ma.o/i.s.syu.u.ka.n/ka.ri.ba.a.i.no.ru.ryo.o.ki.n.wa/o.i.ku.ra.de.su.ka/

租一輛豐田的車一星期要多少錢？

♠ 一週間で六千円です。

i.s.syu.u.ka.n.de/ro.ku.se.n.e.n.de.su/

一個星期要六千元。

♠ トヨタの車を借りたらもっと安いですか？

to.yo.ta.no.ku.ru.ma.o/ka.ri.ru.ba.a.i/mo.t.to/ya.su.i.de.su.ka/

租豐田的車費用有比較便宜嗎？

♠ ホンダの車を借ります。

ho.n.da.no/ku.ru.ma.o/ka.ri.ma.su/

我要租本田的車。

♠ ホンダの車を三日借りる場合はおいくらですか？

ho.n.da.no/ku.ru.ma.o/mi.k.ka.ka.ri.ru.ba.a.i.wa/o.i.ku.ra/de.su.ka/

本田車租三天要多少錢？

MP3 151

▶ 租車

問 レンタカーを借(か)りたいのですが。

re.n.ta.ka.a.o/ka.ri.ta.i.no.de.su.ga/

我要租一輛車。

答 予約(よやく)はしましたか?

yo.ya.ku.wa/shi.ma.shi.ta.ka/

您有預約嗎？

你還可以這麼說：

♠ 片道(かたみち)レンタカーを借(か)りたいのですが。

ka.ta.mi.chi/re.n.ta.ka.a.o/ka.ri.ta.i.no.de.su.ga/

我想租單程車

♠ RV車(アールブイしゃ)を借(か)りたいのですが。

a.a.ru.bu.i.sya.o/ka.ri.ta.i.no/de.su.ga/

我想租台休旅車。

▶ 預約租車

問 予約をしましたか？

yo.ya.ku.o/shi.ma.shi.ta.ka/

您有預約嗎？

答 はい。私の名前はリーです。

ha.i/wa.ta.shi.no/na.ma.e.wa/ri.i.de.su/

有，我的名字是李。

你還可以這麼說：

♠ トヨタの車の予定をお願いします。期間は一週間です。

to.yo.ta.no/ku.ru.ma.no/yo.te.i.o/o.ne.ga.i/shi.ma.su/ki.ka.n.wa/i.s.syu.u.ka.n.de.su/

我要預約一個星期的豐田的車。

♠ 六人乗りのRV 車の予約をお願いします。

ro.ku.ni.n.no.ri.no/a.a.ru.bu.i.sya.no/yo.ya.ku.o/o.ne.ga.i.shi.ma.su/

我要預約六人座的休旅車。

MP3 152

▶ 租車的種類

問 どんな車(くるま)にしますか？

do.n.na/ku.ru.ma.ni/shi.ma.su.ka/

您要哪一種車？

答 マーチにします。

ma.a.chi.ni/shi.ma.su/

我要March的車。

你還可以這麼說：

♠ ホンダの車(くるま)にします。

ho.n.da.no.ku.ru.ma.ni/shi.ma.su/

我要本田的車。

♠ あのシルバーのトヨタのスポーツカーにします。

a.no.shi.ru.ba.a.no/to.yo.ta.no/su.po.o.tsu.ka.a.ni/shi.ma.su/

我要那台銀色的豐田跑車。

▶ 租車的時間

問 月曜日から金曜日までこの車が要ります。

ge.tsu.yo.o.bi.ka.ra/ki.n.yo.o.bi.ma.de/ko.no.ku.ru.ma.ga/i.ri.ma.su/

我這個星期一到星期五需要這部車。

答 料金は一日五千円です。

ryo.o.ki.n.wa/i.chi.ni.chi/go.se.n.e.n.de.su/

每天的租金是五千元。

你還可以這麼說：

♠ この車を一週間予約します。

ko.no.ku.ru.ma.o/i.s.syu.u.ka.n/yo.ya.ku/shi.ma.su/

我要預約這輛車一個星期。

♠ この車は予約されましたか？

ko.no.ku.ru.ma.wa/yo.ya.ku/sa.re.ma.shi.ta.ka/

這輛車有人預約了嗎？

MP3 153

▶ 租車時填寫資料

問 月曜日(げつようび)から金曜日(きんようび)までこの車(くるま)を借(か)ります。

ge.tsu.yo.o.bi.ka.ra/ki.n.yo.o.bi.ma.de/ko.no.ku.ru.ma.o/ka.ri.ma.su/

我這個星期一到星期五要租這部車。

答 はい。このフォームにご記入(きにゅう)されて、下(した)のほうにサインをしてください。

ha.i/ko.no.fo.o.mu.ni/go.ki.nyu.u.sa.re.te/shi.ta.no.ho.o.ni/sa.i.n.o.shi.te/ku.da.sa.i/

好的，請填這份表格，然後在最下面簽上您的姓名。

MP3 153

▶ 租車時要求提供駕照

問 車(くるま)を借(か)りたいんですが。

ku.ru.ma.o/ka.ri.ta.i.n.de.su.ga/

我要租車。

答 運転免許証(うんてんめんきょしょう)を見(み)せていただけますか?

u.n.te.n.me.n.kyo.syo.o.o/mi.se.te/i.ta.da.ke/ma.su.ka/

我能看你的駕照嗎？

MP3 154

▶ 還車的地點

問 車(くるま)はほかの支店(してん)で返却(へんきゃく)できますか？

ku.ru.ma.wa/ho.ka.no.shi.te.n.de/he.n.kya.ku/de.ki.ma.su.ka/

可以在其他分店還車嗎？

答 はい。どこの支店(してん)でもご返却(へんきゃく)できます。

ha.i/do.ko.no.shi.te.n.de.mo/go.he.n.kya.ku/de.ki.ma.su/

不必，你可以在我們任何地方的分公司還車。

MP3 154

▶ 租車費用的保證金

問 レンタカーを借(か)りる場合(ばあい)おいくらですか？

re.n.ta.ka.a.o/ka.ri.ru.ba.a.i/o.i.ku.ra.de.su.ka/

租用一輛車需要多少錢？

答 クレジットカードでお支払(しはら)いされますか？

ku.re.ji.t.to.ka.a.do.de/o.shi.ha.ra.i/sa.re.ma.su.ka/

你要用信用卡付費嗎？

Unit 7

觀光

▶ 索取市區地圖

問 市街地(しがいち)の地図(ちず)をいただけますか？

shi.ga.i.chi.no.chi.zu.o/i.ta.da.ke.ma.su.ka/

我可以要一張市區地圖嗎？

答 はい。これです。

ha.i/ko.re.de.su/

好的，給您。

你還可以這麼說：

♠ 市内中心部(しないちゅうしんぶ)の地図(ちず)がありますか？

shi.na.i.cyu.u.shi.n.bu.no/chi.zu.ga/a.ri.ma.su.ka/

你有市中心的地圖嗎？

♠ 東京(とうきょう)の地図(ちず)がありますか？

to.o.kyo.o.no.chi.zu.ga/a.ri.ma.su.ka/

你有東京都的地圖嗎？

♠ どこで市街地(しがいち)の地図(ちず)をもらえますか？

do.ko.de/shi.ga.i.chi.no/chi.zu.o/mo.ra.e.ma.su.ka/

哪裡可以拿到市區的地圖？

MP3 156

▶ 索取旅遊手冊

問 観光（かんこう）ガイドがありますか？

ka.n.ko.o.ga.i.do.ga/a.ri.ma.su.ka/

你們有旅遊手冊嗎？

答 あそこです。どうぞ。

a.so.ko.de.su/do.o.zo/

就在那裡，請自取。

你還可以這麼說：

♠ 観光情報（かんこうじょうほう）はどこでいただけますか？

ka.n.ko.o.jyo.o.ho.o.wa/do.ko.de/i.ta.da.ke.ma.su.ka/

那裡可以得到有關觀光旅遊的訊息？

♠ シティーツアーのパンフレットをいただけますか？

shi.ti.i.tsu.a.a.no/pa.n.fu.re.t.to/o/i.ta.da.ke/ma.su.ka/

可以給我一些市區旅遊的簡介嗎？

♠ 観光案内所（かんこうあんないじょ）はどこですか？

ka.n.ko.o.a.n.na.i.jyo.wa/do.ko.de.su.ka/

旅客服務中心在哪裡呢？

▶ 索取訊息簡介

問 キャッツについての情報(じょうほう)はどれですか？
kya.t.tsu.ni/tsu.i.te.no/jyo.o.ho.o.wa/do.re.de.su.ka/
哪一個有關於貓劇的訊息？

答 こちらになります。
ko.chi.ra.ni/na.ri.ma.su/
這些簡介是你需要的。

你還可以這麼說：

♠ 劇(げき)のパンフレットがありますか？
ge.ki.no/pa.n.fu.re.t.to.ga/a.ri.ma.su.ka/
你們有沒有戲劇指南？

♠ キャッツのパフレットはどこでもらえますか？
kya.t.tsu.no/pa.n.fu.re.t.to.wa/do.ko.de/mo.ra.e.ma.su.ka/
貓劇的介紹手冊可在哪裡取得？

MP3 157

▶ 詢問是否有當地旅遊團

問 何(なに)かいいパッケージツアーがありますか？

na.ni.ka.i.i.pa.k.ke.e.ji/tsu.a.a.ga/a.ri.ma.su.ka/

你們有好的套裝行程嗎？

答 はい、あります。シティーツアーを手配(てはい)することができます。

ha.i/a.ri.ma.su/shi.ti.i.tsu.a.a.o/te.ha.i.su.ru.ko.to.ga/de.ki.ma.su/

有的。我們可以幫您安排市區旅遊。

你還可以這麼說：

♠ 博物館(はくぶつかん)のツアーがありますか？

ha.ku.bu.tsu.ka.n.no/tsu.a.a.ga/a.ri.ma.su.ka/

你們有任何去博物館的旅遊行程嗎？

♠ ディズニーランドに行(い)くツアーがありますか？

di.zu.ni.i.ra.n.do.ni/i.ku.tsu.a.a.ga/a.ri.ma.su.ka/

有沒有去迪士尼的旅遊行程？

♠ 夜間(やかん)バスツアーを手配(てはい)していただけますか？

ya.ka.n/ba.su.tsu.a.a.o/te.ha.i.shi.te/i.ta.da.ke/ma.su.ka/

你可以安排夜間巴士旅遊嗎？

▶ 詢問行程安排

問 どこかいい観光(かんこう)スポットがありますか？

do.ko.ka/i.i.ka.n.ko.o.su.po.t.to.ga/a.ri.ma.su.ka/

有沒有一些特殊的地方我應該去參觀？

答 代々木公園(よよぎこうえん)のツアーはいかがですか？

yo.yo.gi.ko.o.e.n.no/tsu.a.a.wa/i.ka.ga.de.su.ka/

你覺得代代木公園的行程如何？

你還可以這麼說：

♠ どのツアーがいいと思(おも)いますか？

do.no.tsu.a.a.ga/i.i.to/o.mo.i.ma.su.ka/

我應該參加哪一種行程？

♠ あのビルは行(い)ってみる価値(かち)がありますか？

a.no.bi.ru.wa/i.t.te.mi.ru/ka.chi.ga/a.ri.ma.su.ka/

那個大樓值得參觀嗎？

♠ 明治神宮(めいじじんぐう)は観光(かんこう)スポットですか？

me.i.ji.ji.n.gu.u.wa/ka.n.ko.o.su.po.t.to.de.su.ka/

明治神宮是觀光景點嗎？

MP3 158

▶ 要求推薦旅遊行程

問 オススメはどんなツアーですか?

o.su.su.me.wa/do.n.na/tsu.a.a.de.su.ka/

你推薦哪一種行程？

答 一泊2日(いっぱくふつか)のツアーはいかがですか?ディズニーランドと遊覧船(ゆうらんせん)のツアーを含(ふく)みます。

i.p.pa.ku.fu.tsu.ka.no/tsu.a.a.wa/i.ka.ga.de.su.ka/di.zu.ni.i.ra.n.do.to/yu.u.ra.n.se.n.no/tsu.a.a.o/fu.ku.fu.ku.mi.ma.su/

兩日遊行程如何？包括迪士尼樂園和遊覽船旅遊。

你還可以這麼說：

♠ オススメの観光(かんこう)スポットはありますか？

o.su.su.me.no/ka.n.ko.o/su.po.t.to.wa/a.ri.ma.su.ka/

你推薦哪一些觀光景點？

♠ どんなツアーがオススメですか？

do.n.na/tsu.a.a.ga/o.su.su.me.ma.su.ka/

你建議哪一種旅遊團？

♠ 何(なに)かいい観光(かんこう)スポットをご存知(ぞんじ)ですか？

na.ni.ka.i.i.ka.n.ko.o/su.po.t.to.o/go.zo.n.ji.de.su.ka/

你知道任何不錯的觀光景點嗎？

▶ 推薦旅遊行程

問 五百円(ごひゃくえん)で、全(すべ)ての美術館(びじゅつかん)と博物館(はくぶつかん)を観覧(かんらん)することができます。

go.hya.ku.e.n.de/su.be.te.no/bi.jyu.tsu.ka.n.to/ha.ku.bu.tsu.ka.n.o/ka.n.ra.n.su.ru.ko.to.ga/de.ki.ma.su.

只要五百元。你可以參觀每一個美術館或博物館。

答 試(ため)してみます。

ta.me.shi.te/mi.ma.su/

我想試試看。

你還可以這麼說:

♠ このツアーに興味(きょうみ)があります。

ko.no.tsu.a.a.ni/kyo.o.mi.ga/a.ri.ma.su/.

我對這個行程有興趣。

♠ このツアーに参加(さんか)したいのですが。

ko.no.tsu.a.a.ni/sa.n.ka.shi.ta.i.no/de.su.ka/

我想參加這個行程。

MP3 159

▶ 詢問旅遊行程的內容

問 このツアーは美術館(びじゅつかん)を含(ふく)みますか?

ko.no.tsu.a.a.wa/bi.jyu.tsu.ka.n.o/fu.ku.mi.ma.su.ka/

旅遊行程有包括美術館嗎？

答 含(ふく)みません。ただ美術館(びじゅつかん)の前(まえ)を通(とお)るだけです。

fu.ku.mi.ma.se.n/ta.da/bi.jyu.tsu.ka.n.no.ma.e.o/to.o.ru.da.ke.de.su/

沒有，只有經過美術館而已。

你還可以這麼說：

♠ 市役所(しやくしょ)を見学(けんがく)しますか？

shi.ya.ku.syo.o/ke.n.ga.ku.shi.ma.su.ka/

我們會參觀市府廳嗎？

♠ 夜間(やかん)ツアーは何(なに)を含(ふく)みますか？

ya.ka.n.tsu.a.a.wa/na.ni.o/fu.ku.mi.ma.su.ka/

夜間旅遊包含哪些？

♠ このツアーは箱根(はこね)の芦(あし)ノ湖(こ)観光(かんこう)を含(ふく)みますか？

ko.no.tsu.a.a.wa/ha.ko.ne.no/a.shi.no.ko.ka.n.ko.o.o/fu.ku.mi.ma.su.ka/

這個旅遊行程有包含箱根蘆之湖嗎？

♠ このツアーは富士山(ふじさん)に行(い)きますか？

ko.no.tsu.a.a.wa/fu.ji.sa.n.ni/i.ki.ma.su.ka/

這個旅遊行程有去富士山嗎？

♠ 温泉に行くツアーですか？

o.n.se.n.ni/i.ku.tsu.a.a.de.su.ka/

要去溫泉的旅遊行程嗎？

♠ 上野動物園へパンダを見に行きますか？

u.e.no.do.o.bu.tsu.e.n.e/pa.n.da.o.mi.ni/i.ki.ma.su.ka/

我們會去上野動物園看熊貓嗎？

♠ キャッツを見に行きますか？

kya.t.tsu.o.mi.ni/i.ki.ma.su.ka/

會去看貓劇嗎？

♠ 自然博物館の見学は含みますか？

shi.ze.n.ha.ku.bu.tsu.ka.n.no.kc.n.ga.ku.wa/fu.ku.mi.ma.su.ka/

有包含參觀自然博物館嗎？

MP3 160

▶ 旅遊行程的種類

問 どんなツアーがありますか？

do.n.na/tsu.a.a.ga/a.ri.ma.su.ka/

你們有哪一種行程？

答 ディズニーランドと博物館と温泉の三種類のツアーがあります。

di.zu.ni.i.ra.n.do.to/ha.ku.bu.tsu.ka.n.to/o.n.se.n.no/sa.n.syu.ru.i.no/tsu.a.a.ga/a.ri.ma.su/

有三種旅遊團，迪士尼樂園、博物館和溫泉。

你還可以這麼說：

♠ 市内(しない)バス観光(かんこう)はどうですか？

shi.na.i.ba.su.ka.n.ko.o.wa/do.o.de.su.ka/

你覺得市區巴士觀光如何？

♠ 六本木(ろっぽんぎ)はどうですか？

ro.p.po.n.gi.wa/do.o.de.su.ka/

你覺得六本木如何？

♠ 熊本城(くまもとじょう)はどうですか？

ku.ma.mo.to.jyo.o.wa/do.o.de.su.ka/

你覺得熊本城如何？

MP3 160

▶ 旅遊行程花費的時間

問 このツアーは何時間(なんじかん)のツアーですか？

ko.no.tsu.a.a.wa/na.n.ji.ka.n.no/tsu.a.a.de.su.ka/

這個行程要多久的時間？

答 約五時間(やくごじかん)です。

ya.ku/go.ji.ka.n.de.su/

大約五個小時。

對方還可以這麼說：

♠ 何時間(なんじかん)かかりますか？

na.n.ji.ka.n/ka.ka.ri.ma.su.ka/

要花幾個小時的時間？

♠ 何時に終わりますか？

na.n.ji.ni/o.wa.ri.ma.su.ka/

幾點會結束？

♠ どのくらいかかりますか？

do.no.ku.ra.i/ka.ka.ri.ma.su.ka/

會是多久的時間？

MP3 161

▶ 旅遊團的預算

問 ご予算はおいくらですか?

go.yo.sa.n.wa/o.i.ku.ra.de.su.ka/

你們的預算是多少？

答 多くないです。約二万円です。

o.o.ku/na.i.de.su/ya.ku/ni.ma.n.e.n.de.su/

不太多。大約兩萬元。

你還可以這麼說：

♠ 予算は一万円以内に抑えないといけません。

yo.sa.n.wa/i.chi.ma.n.e.n/i.na.i.ni/o.sa.e.na.i.to/i.ke.ma.se.n/

我們需要把預算控制在一萬元以下。

♠ 一万五千円の予算で足りますか？

i.chi.ma.n.go.se.n.e.n.no/yo.sa.n.de/ta.ri.ma.su.ka/

一萬五千元的預算夠嗎？

MP3 161

▶ 旅遊團費用

問 半日(にち)ツアーはおいくらですか？

ha.n.ni.chi/tsu.a.a.wa/o.i.ku.ra/de.su.ka/

半天的旅遊行程要多少錢？

答 お一人(ひとり)で五千円(ごせんえん)です。

o.hi.to.ri.de/go.se.n.e.n.de.su/

每一個人五千元。

你還可以這麼說：

♠ あのツアーはおいくらですか？

a.no.tsu.a.a.ha/o.i.ku.ra.de.su.ka/

那個旅遊行程多少錢？

♠ 日帰(ひがえ)りツアーの料金(りょうきん)はおいくらですか？

hi.ga.e.ri.tsu.a.a.no/ryo.o.ki.n.wa/o.i.ku.ra.de.su.ka/

一日遊的行程費用是多少？

♠ 二泊三日(にはくみっか)の費用(ひよう)はおいくらですか？

ni.ha.ku.mi.k.ka.no/hi.yo.o.wa/o.i.ku.ra/de.su.ka/

三天兩夜的費用是多少錢？

▶ 人數、身份不同的團費

問 子供（こども）はおいくらですか？

ko.do.mo.wa/o.i.ku.ra.de.su.ka/

小孩子要多少錢？

答 お子様（こさま）は一人三千円（ひとりさんぜんえん）です。

o.ko.sa.ma/wa/hi.to.ri/sa.n.ze.n.e.n.de.su/

小孩子每一個人三千元。

你還可以這麼說：

♠ 大人（おとな）の費用（ひよう）はおいくらですか？

o.to.na.no/hi.yo.o.wa/o.i.ku.ra/de.su.ka/

大人的費用要多少？

♠ 一人（ひとり）おいくらですか？

hi.to.ri/o.i.ku.ra/de.su.ka/

一個人要多少錢？

♠ 大人三人（おとなさんにん）でおいくらですか？

o.to.na.sa.n.ni.n.de/o.i.ku.ra/de.su.ka/

三個大人要多少錢？

MP3 162

▶ 旅遊團費用明細

問 この料金は全ての費用を含みますか?

ko.no.ryo.o.ki.n.wa/su.be.te.no/hi.yo.o.o/fu.ku.mi.ma.su.ka/

這個費用包括所有的費用嗎?

答 はい。往復の切符と食事代を含めています。

ha.i/o.o.fu.ku.no/ki.p.pu.to/syo.ku.ji.da.i.o/fu.ku.me.te/i.ma.su/

是的,包括來回車資和餐費。

對方還可以這麼說:

♠ 食事を含みますか?

syo.ku.ji.o/fu.ku.mi.ma.su.ka/

有包含餐點嗎?

♠ この料金は食事代を含みますか?

ko.no.ryo.o.ki.n.wa/syo.ku.ji.da.i.o/fu.ku.mi.ma.su.ka/

這個價錢有包含餐點嗎?

♠ 英語を話せるガイドがいますか?

e.i.go.o/ha.na.se.ru.ga.i.do.ga/i.ma.su.ka/

有包括會說英文的導遊嗎?

▶ 旅遊接送服務

問 ホテルへの送迎(そうげい)サービスがありますか?
ho.te.ru.he.no/so.o.ge.i.sa.a.bi.su.ga/a.ri.ma.su.ka/
有沒有到飯店接送呢？

答 はい。ガイドがロビーでお待(ま)ちします。
ha.i/ga.i.do.ga/ro.bi.i.de/o.ma.chi.shi.ma.su/
是的，導遊會在大廳等你。

MP3 163

▶ 詢問集合的時間與地點

問 どこで何時(なんじ)に集(あつ)まりますか?
do.ko.de/na.n.ji.ni/a.tsu.ma.ri.ma.su.ka/
我們何地何時集合？

答 九時(くじ)に駅前(えきまえ)です。
ku.ji.ni/e.ki.ma.e.de.su/
車站前，九點鐘

MP3 163

▶ 旅遊團出發的時間

問 ツアーは何時(なんじ)からですか？

tsu.a.a.wa/na.n.ji.ka.ra/de.su.ka/

旅遊團幾點開始？

答 朝九時(あさくじ)にホテルの前(まえ)に集(あつ)まります。

a.sa/ku.ji.ni/ho.te.ru.no/ma.e.ni/a.tsu.ma.ri.ma.su/

巴士早上九點在飯店前集合。

對方還可以這麼說：

♠ ガイドが九時(くじ)ぐらいにここに迎(むか)えに来(き)ます。

ga.i.do.ga/ku.ji.gu.ra.i.ni/ko.ko.ni/mu.ka.e.ni/ki.ma.su/

導遊會在九點鐘左右來這裡接你。

♠ バスが八時半(はちじはん)ごろホテルのエントランスの前(まえ)に来(き)ます。

ba.su.ga/ha.chi.ji.ha.n.go.ro/ho.te.ru.no/e.n.to.ra.n.su.no/ma.e.ni/ki.ma.su/

巴士八點半左右會在門口等。

▶ 預約旅遊團

問 ここで明日(あした)のツアーの予約(よやく)ができますか?

ko.ko.de/a.shi.ta.no.tsu.a.a.no/yo.ya.ku.ga/de.ki.ma.su.ka/

我能在這裡預約明天（行程）嗎？

答 はい。お名前(なまえ)は?

ha.i/o.na.ma.e.wa/

好的。請給我您的大名。

對方還可以這麼說：

♠ このツアーを二人(ふたり)で予約(よやく)していただけますか？

ko.no.tsu.a.a.o/fu.ta.ri.de/yo.ya.ku.shi.te/i.ta.da.ke/ma.su.ka/

你能幫我們預約兩個人的這個旅遊行程嗎？

♠ 大人二人(おとなふたり)、子供一人(こどもひとり)でディズニーランドのコースを予約(よやく)していただけますか？

o.to.na/fu.ta.ri/ko.do.mo/hi.to.ri.de/di.zu.ni.i.ra.n.do.no/tsu.a.a.o/yo.ya.ku.shi.te/i.ta.da.ke/ma.su.ka/

您能幫我預約兩個大人.一個小孩的迪士尼行程嗎？

MP3 164

▶ 參加當地旅遊團

問 博物館のツアーに興味があります。

ha.ku.bu.tsu.ka.n.no/tsu.a.a.ni/kyo.o.mi.ga/a.ri.ma.su/

我對博物館行程有興趣。

答 はい。この申し込み書にご記入ください。

ha.i/ko.no/mo.o.shi.ko.mi.syo.ni/go.ki.nyu.u/ku.da.sa.i/

好的，這是登記表格，請先填寫。

你還可以這麼說：

♠ 市内観光の日帰りツアーに参加します。

shi.na.i.ka.n.ko.o.no/hi.ga.e.ri.tsu.a.a.ni/sa.n.ka.shi.ma.su/

我要參加市內的一日遊行程。

♠ 市内観光ツアーに参加します。

shi.na.i.ka.n.ko.o/tsu.a.a.ni/sa.n.ka/shi.ma.su/

我想要參加市內旅行團。

♠ 富士山のツアーに参加します。

fu.ji.sa.n.no/tsu.a.a.ni/sa.n.ka/shi.ma.su/

我要參加富士山的行程。

♠ 明日のツアーに参加します。

a.shi.ta.no/tsu.a.a.ni/sa.n.ka/shi.ma.su/

我要參加明天的旅遊行程。

MP3 165

♠ 市内の夜間ツアーに参加します。

shi.na.i.no/ya.ka.n.tsu.a.a.ni/sa.n.ka/shi.ma.su/

我要參加市區夜間旅遊。

♠ 半日（はんにち）のツアーに参加（さんか）したいのですが。

ha.n.ni.chi.no/tsu.a.a.ni/sa.n.ka/shi.ta.i.no/de.su.ga/

我比較想參加半天的行程。

♠ 遊覧船（ゆうらんせん）のツアーに参加（さんか）します。

yu.u.ra.n.se.n.no/tsu.a.a.ni/sa.n.ka.shi.ma.su/

我要參加遊覽船行程。

♠ 私（わたし）と友達（ともだち）は博物館（はくぶつかん）のツアーに参加（さんか）します。

wa.ta.shi.to/to.mo.da.chi.wa/ha.ku.bu.tsu.ka.n.no/

tsu.a.a.ni/sa.n.ka.shi.ma.su/

我和我的朋友要參加博物館之旅。

MP3 165

▶ 旅遊團自由活動的時間

問 ここにどのくらい滞在（たいざい）しますか？

ko.ko.ni/do.no.ku.ra.i/ta.i.za.i.shi.ma.su.ka/

我們要在這裡停留多久？

答 これから三十分休憩（さんじゅっぷんきゅうけい）します。

ko.re.ka.ra/sa.n.jyu.p.pu.n/kyu.u.ke.i.shi.ma.su/

我們現在有卅分鐘的休息時間。

你還可以這麼說：

♠ 美術館（びじゅつかん）に行（い）く時間（じかん）がありますか？

bi.jyu.tsu.ka.n.ni/i.ku.ji.ka.n.ga/a.ri.ma.su.ka/

我們有空進去美術館看看嗎？

♠ 記念品を買う時間がありますか？

ki.ne.n.hi.n.o/ka.u.ji.ka.n.ga/a.ri.ma.su.ka/

我們有時間買一些紀念品嗎？

♠ 写真を撮る時間はありますか？

sya.shi.n.o/to.ru.ji.ka.n.wa/a.ri.ma.su.ka/

我們有時間拍照嗎？

MP3 166

▶ 自由活動結束的時間

問 何時に戻らなければいけませんか？

na.n.ji.ni/mo.do.ra.na.ke.re.ba/i.ke.ma.se.n.ka/

我們要幾點回來？

答 十一時前にバスに戻ってください。

jyu.u.i.chi.ji.ma.e.ni/ba.su.ni/mo.do.t.te/ku.da.sa.i/

請在十一點前回到巴士上。

MP3 166

▶ 門票

問 チケットはおいくらですか？

chi.ke.t.to.wa/o.i.ku.ra/de.su.ka/

門票是多少？

答 一人五百円です。

hi.to.ri/go.hya.ku.e.n.de.su/

一個人要五百元。

你還可以這麼說：

♠ チケット代（だい）も含（ふく）みますか？
chi.ke.t.to.da.i.mo/fu.ku.mi.su.ka/
門票都是有包括（在費用內）嗎？

MP3 166

▶ 詢問上演的節目

♠ 今晩（こんばん）はどんなオペラをやりますか？
ko.n.ba.n.wa/do.n.na/o.pe.ra.o/ya.ri.ma.su.ka/
今晚上演哪一部歌劇？

♠ キャッツです。
kya.t.tsu.de.su/
是貓劇。

MP3 166

▶ 詢問開始及結束的時間

問 ショーはいつ始（はじ）まりますか？
syo.o.wa/i.tsu/ha.ji.ma.ri.ma.su.ka/
這場秀什麼時候開始？

答 七時（しちじ）です。
shi.chi.ji.de.su/
在七點鐘（開始）。

你還可以這麼說：

♠ ショーはいつ終(お)わりますか？

syo.o.wa/i.tsu/o.wa.ri.ma.su.ka/

這場秀什麼時候結束？

MP3 167

▶ 詢問是否可以拍照

問 美術館(びじゅつかん)で写真(しゃしん)を撮(と)ることができますか？

bi.jyu.tsu.ka.n.de/sya.shi.n.o/to.ru.ko.to.ga/de.ki.ma.su.ka/

我們可以在美術館裡拍照嗎？

答 どうぞ。

do.o.zo/

請便。

你還可以這麼說：

♠ ここで写真(しゃしん)を撮(と)ることができますか？

ko.ko.de/sya.shi.n.o/to.ru.ko.to.ga/de.ki.ma.su.ka/

我可以在這裡拍照嗎？

♠ 写真(しゃしん)を撮(と)りましょうか？

sya.shi.n.o/to.ri.ma.syo.o.ka/

要我幫你拍照嗎？

♠ 博物館(はくぶつかん)の中(なか)で写真(しゃしん)を撮(と)れますか？

ha.ku.bu.tsu.ka.n.no.na.ka.de/sya.shi.n.o/to.re.ma.su.ka/

博物館裡可以拍照嗎？

▶ 詢問是否可以幫忙拍照

問 写真(しゃしん)を撮(と)っていただけますか?

sya.shi.n.o/to.t.te/i.ta.da.ke/ma.su.ka/

可以請您幫我拍一張照片嗎？

答 はい。

ha.i/

好啊。

你還可以這麼說：

♠ 写真(しゃしん)を撮(と)っていただけませんか?

sya.shi.n.o/to.t.te/i.ta.da.ke/ma.se.n.ka/

您介意幫我拍一張照片嗎？

♠ 東京(とうきょう)タワーを入(い)れてください。

to.o.kyo.o.ta.wa.a.o/i.re.te/ku.da.sa.i/

請幫我跟東京鐵塔拍一張照片。

MP3 168

▶ 參加當地旅遊的常見問題

♠ あれはどんな意味ですか？

a.re.wa/do.n.na/i.mi.de.su.ka/

那是什麼意思？

♠ あれを日本語でどう言いますか？

a.re.o/ni.ho.n.go.de/do.o/i.i.ma.su.ka/

日文怎麼說那個東西？

♠ 解説していただけませんか？

ka.i.se.tsu.shi.te/i.ta.da.ke/ma.se.n.ka/

你能解釋給我聽嗎？

♠ あの建物の由来は何ですか？

a.no.ta.te.mo.no.no/yu.ra.i.wa/na.n.de.su.ka/

那個建築物的由來是什麼？

♠ あれは何か特別の意味がありますか？

a.re.wa/na.ni.ka.to.ku.be.tsu.no/i.mi.ga/a.ri.ma.su.ka/

這有什麼特別的意義嗎？

超簡單的旅遊日語

雅致風靡　典藏文化

親愛的顧客您好，感謝您購買這本書。即日起，填寫讀者回函卡寄回至本公司，我們每月將抽出一百名回函讀者，寄出精美禮物並享有生日當月購書優惠！想知道更多更即時的消息，歡迎加入"永續圖書粉絲團"

您也可以選擇傳真、掃描或用本公司準備的免郵回函寄回，謝謝。

傳真電話：（02）8647-3660　　電子信箱：yungjiuh@ms45.hinet.net

姓名：	性別：　□男　□女
出生日期：　年　月　日	電話：
學歷：	職業：
E-mail：	
地址：□□□	
從何處購買此書：	購買金額：　元
購買本書動機：□封面 □書名 □排版 □內容 □作者 □偶然衝動	
你對本書的意見： 內容：□滿意□尚可□待改進 封面：□滿意□尚可□待改進	 編輯：□滿意□尚可□待改進 定價：□滿意□尚可□待改進
其他建議：	

總經銷：永續圖書有限公司

永續圖書線上購物網

www.foreverbooks.com.tw

您可以使用以下方式將回函寄回。

您的回覆，是我們進步的最大動力，謝謝。

① 使用本公司準備的免郵回函寄回。

② 傳真電話：（02）8647-3660

③ 掃描圖檔寄到電子信箱：

yungjiuh@ms45.hinet.net

沿此線對折後寄回，謝謝。

廣 告 回 信
基隆郵局登記證
基隆廣字第056號

221-03

雅典文化事業有限公司　收

新北市汐止區大同路三段194號9樓之1

雅致風靡　典藏文化